万榕书业

我失落的城市

城市

MY LOST CITY

[美] 菲茨杰拉德——著

林惠敏——译

北方联合出版传媒（集团）股份有限公司

万卷出版公司

目　录

译 序

菲茨杰拉德狂彩的爵士文学

一八九六年，弗朗西斯·斯科特·基·菲茨杰拉德（F. S.Fitzgerald）出生于美国明尼苏达州的圣保罗市，大学就读于地处纽约和费城之间的普林斯顿大学，但却因过度热衷社团活动而荒废了学业。在第一次世界大战期间离开学校，加入了美国陆军，虽然并未被派至前线作战，但驻扎于南部的军事基地时，他认识了当地的名门淑女赛尔妲·莎尔（Zelda Sayre），两人相恋并订婚。战争结束后，赛尔妲因菲茨杰拉德经济能力不足而取消婚约。一直到一九二○年出版首部长篇小说《尘世乐园》让菲茨杰拉德一举成名并名利双收，他才终于抱得美人归。

《尘世乐园》讲述了浪漫主义者艾莫瑞的天真，以及现实让他遭遇到的种种挫败，简直就是作者自身经历的翻版。战争的残酷，理想与现实之间的差距，充分反映出战后年轻人对大环境的满腹牢骚，并正式将读者领向爵士年代。

"所有投入我脑海中的故事里都有一种灾难的触感。"夹在两次世界大战中间的爵士年代，同时也是美国资本主义高度扩张的年代，作者亲眼看到人们为了追求极度奢华的物质生活而出卖自己的灵魂，夜夜笙歌的背后，隐藏的只是逃避现实和虚荣的假象。于是作者以二十年代的纽约和长岛为背景，写下了他的经典代表作《了不起的盖茨比》。

一九二五年出版的《了不起的盖茨比》采用插叙手法，讲述美国梦的兴起和没落，以及财富对道德的腐蚀。菲茨杰拉德曾经这样跟朋友谈论《了不起的盖茨比》："这部小说的重心放在'幻象的消灭'之上——正是这种幻象才使得这个世界那么鲜艳。你根本无须理会事情的真跟假，只要它们沾上了那份魔术般的光彩就行了。"

一九三〇年，妻子赛尔妲的精神状况不佳、挥霍无度而导致失控的财务状况，再加上他自身的酗酒问题，都令菲茨杰拉德饱受折磨，因此此时期的作品并不多。而在赛尔妲精神崩溃进入疗养院时，菲茨杰拉德为了支付医疗费用和女儿的学费，他只得不断替流行杂志跟晚报写散文、短篇小说，赚稿费过活，稿费高至四千美元一篇。四十年代甚至在好莱坞进行他过去所不齿的电影编剧工作，并开始动手撰写长篇小说《最后一个影坛大亨》（The Last Tycoon），结果还没完成便因心脏病发作而过世于好莱坞的格拉姆（Sheilah Graham）的公寓，初稿完成四分之三。菲茨杰拉德一生总共写了四部长篇小说，一百五十篇短篇小说。身后文名如日中天，跃登二十世纪美国小说家数一数二的地位。

村上春树曾说："有好几年，只有菲茨杰拉德是我的老师、是我的大学、是我的文学伙伴。"这名村上春树最喜爱的作家菲茨杰拉德，纵情于狂飙的二十年代，他的作品反映出第一次世界大战后人们借由狂欢作乐来逃避现实的心态、闪闪发亮却脆弱易碎的美国梦，以及面包与爱情之间的抉择。

有人批评菲茨杰拉德是名缺乏想象力的作家，因为其小说的故事几乎都以真实生活的人物和事件为蓝本。然而不可否认的是，正是这些真实的经历让他的作品更充满情感的张力，也真实反映出当时美国社会的文化与思想，因而能引起广大读者的共鸣。

第一次世界大战虽然削弱了英、法、意的经济实力，使美国成为世界头号经济强国，世界金融中心也由伦敦转移到纽约，但战争的残酷仍造就了以海明威、艾略特为代表的"失落的一代"（Lost Generation）文学家，他们的文学作品及个人结局（海明威最终选择自杀，艾略特最终皈依宗教，郁郁而终）都反映出这场战争给人类所造成的无法愈合的心灵创伤。

二十与三十年代美国作家纷纷鼓吹欧洲的去国主义、极度放荡的享乐主义等，或许都是这波反战思潮下的产物。而在菲茨杰拉德的作品中，也常可见到故事人物试图以酗酒来忘却过去不愉快的回忆，自我麻痹，期待获得救赎，数度在理想与现实中徘徊，然而最终仍难逃对"闪亮亮"生活的执着。

本书收录了《酗酒者》《新绿》《婚宴》《疯狂星期天》《雕花玻璃碗》《我失落的城市》《着陆三小时》等几篇作品。

在《酗酒者》中，当企图用酒精麻痹自己、逃避现实的漫画家，遇上了爱心泛滥、妄想靠一己之力拯救酒鬼的护士，在反复的挣扎与相互折磨中，破碎的酒瓶似乎预言了最终胜出的执念……

《新绿》是篇探讨酒精对爱情、软弱和信任的影响的短篇故事。男主角狄克·瑞伦是位极富魅力，但却恶名昭彰的酒鬼，女主角茱莉亚则是位外貌出众，受过良好教育，对众多追求者不屑一顾的好女孩。狄克的脆弱无意间召唤了茱莉亚的母性，而两人不顾一切、相互依存的爱情，真能彻底取代酒精，让狄克焕然一新吗？

在《婚宴》中，麦可接到了他深爱的女孩卡洛琳的结婚通

v

知。卡洛琳是他生命中唯一的支柱，在他漫无目的的人生中，他唯一的计划就是爱她，然而她却选择丢下寒酸的他，选择了股市大亨汉米尔顿。参与这场婚宴究竟能否为麦可的生活或两人的关系带来重大改变呢？

本篇故事以一九二九年的经济大萧条为背景，可见作者企图将小说与历史结合的野心。以财富来选择结婚对象的主题，正好反映出作者在赛尔妲与他解除婚约时所面临的窘境。而透过汉米尔顿口中对女性的认知，也显示出作者试图削弱女性的大男人主义，与战后崛起的女性主义形成了强烈对比。

《疯狂星期天》讲述了在好莱坞初发迹的新锐编剧乔尔，跃跃欲试地接受了导演迈尔斯的邀请，至导演家中参与首次好莱坞的社交聚会，然而却在企图自我表现时，在众人面前出了丑。而当他事后懊悔万分并下定决心不再出席此类场合时，却接到了女主人史黛拉鼓励的电报，但这也让他越来越深陷迈尔斯和史黛拉之间复杂纠葛的情感世界中……

本篇故事改编自菲茨杰拉德为米高梅电影制片公司撰写的《红发女人》（Red-Headed Woman）的电影剧本，其中讲述了菲茨杰拉德在某次聚会上，借酒即兴演出却被喝倒彩的经历。完稿后，多家杂志社拒绝采用，理由包括主题不明、结尾怪异、内容污秽，或是担心影射好莱坞明星，但菲茨杰拉德拒绝修改，最后以两百美元卖给《美国水星报》。

本篇故事也再现了作者在好莱坞担任编剧的艰困时期。作者菲茨杰拉德和本篇的主角乔尔都有酗酒的恶习，而且同样有着将捉摸不定的女人浪漫化的倾向。故事中人物不停地谈话，但从未真正地解决问题。他们之间毫无交集，变成是一个编剧撰写、导演执导，而演员饰演的故事。本文希望读者能够褪下面具，展现真我，而这正是故事中人物所做不到的。

在《雕花玻璃碗》中，一名求爱不成的男子在愤恨下送给爱芙琳的雕花玻璃碗，就像诅咒般，看着她从原本的受尽宠爱，渐渐走向被自己的丈夫、被自己的美貌和世界遗弃的命运……

《我失落的城市》则是菲茨杰拉德于一九三二年所写，刊载于《世界杂志》的个人随笔，直到作者过世之后才被编入散文集《崩溃》(The Crack-Up)中成书出版。本文以书写纽约市为题，叙述作者满怀着憧憬来到纽约，但越是熟悉，就越是了解纽约这个城市在美丽表象下的空虚与脆弱。这篇文章也见证了纽约市在历经狂飙的二十年代及经济大萧条后的兴衰。

在《着陆三小时》中，唐纳德为了寻找儿时的初恋情人，在一切都未知的状况下，搭机返乡。满怀期待地翻阅电话簿，拨了几个号码，旧情人的身影渐渐浮现。然而昔日可爱的南西，究竟会以何种面目出现在电话的那头？

菲茨杰拉德的一生因过度讲究排场、妻子性格的变幻莫测而显得狂乱多彩。不少评论家批评他因生活腐化而浪费了自身的才华，但也有人认为，是妻子赛尔妲不稳定的性情让他的才情得以发挥。而作者甚至也抄袭了赛尔妲的私人书信，并用于他的故事中。他也被众人评为"感性的思想家"，可以在对其经验缺乏理智的了解下，将它们化为动人的故事。

毁誉参半也正显示出作者自身性格及其作品矛盾、二元对立的极端特性。一方面沉迷于对华丽生活的追逐，另一方面又能跳脱出这些虚华的框架，思考背后的意义及所带来的空虚、凄凉，但尽管洞悉奢华排场可能对己身造成的伤害，作者仍如飞蛾扑火般不顾一切地受到吸引，而这就是试图为生命的困境寻找出路，然而现实生活又着实令人充满迷惘的爵士年代。

雕花玻璃碗

一

　　在历史上，有旧石器时代、新石器时代和青铜器时代，而且在经过一段漫长的年岁之后，还出现了雕花玻璃时代。在雕花玻璃时代，当年轻的女士们征服了小胡子高高卷起的青年绅士，顺利让对方提出求婚时，几个月后，他们就得一起认真地坐下来，为了各式各样的雕花玻璃礼品一一写信向亲友致谢。而这些礼物包括了装潘趣酒的大酒杯、洗指碗、玻璃餐具、玻璃酒杯、冰淇淋盘、糖果盘、醒酒瓶和花瓶。尽管雕花玻璃在一八九〇年并非什么新奇的玩意儿，但是从波士顿的高级住宅区到一贯保守的中西部地区，它的晶莹剔透都映射出代表时尚的璀璨光芒。

　　婚礼过后，装潘趣酒的大酒杯和大碗会一起被摆在餐具柜的中央；玻璃器皿就放到瓷器柜里；烛台则分别摆置两端——然后一场为了生存的挣扎于此展开。糖果盘失去了它的小把手，成了楼上的托盘；一只散步的猫踢掉了餐具柜上的小碗；中型碗则是被粗心女佣手中的糖果盘给敲出了缺口；接着玻璃酒杯也因碎裂的杯脚而寿终正寝，甚至连玻璃餐具都像歌词中的"十个小黑人"般一个个地消失了；最后一个餐具的下场，就是伤痕累累地沦落到浴室中成了牙刷架，跟其他原本出身高贵的同伴一起变成破烂。不过，等到这一切发生的时候，反正雕花玻璃时代也已成往日云烟了。

刚好就在那最初的荣光已然消逝之时，有一天，好管闲事的罗杰·菲伯太太前来探望美丽的哈洛·派珀太太。

"亲爱的，"好管闲事的罗杰·菲伯太太说，"我爱死你们的房子了，我觉得它实在是件艺术品。"

"听到你这么说，我实在是太开心了。"美丽的哈洛·派珀太太说，年轻的深色眼睛中闪耀着光芒，"那你一定要常来喔，下午我几乎都是一个人。"

菲伯太太却忍不住想说："我才不信呢，你怎么可能希望我来坏你的好事呢。"——全城的人都知道，在过去的六个月里，费迪·格德尼先生一个星期就有五天下午都会跑来造访派珀太太——到了这把年纪，见多识广的菲伯太太早已认定所有美女都是不可信的。

"我最爱餐厅了。"她说，"所有那些美妙的瓷器，还有那只超大的雕花玻璃碗。"

派珀太太笑着，她笑得如此动人，让原本对这桩流言还有些许存疑的菲伯太太，顿时确信一切都是真的。

"噢，那个大碗！"派珀太太吐出字句的唇，就像鲜艳的玫瑰花瓣，"那个碗背后有个故事……"

"哦……"

"你还记得卡尔顿·坎比吗？噢，他一度非常殷勤地追求过我，就在我告诉他我将嫁给哈洛的那天晚上，也就是七年前，一八九二年的时候，他挺直了身子对我说：'爱芙琳，我要送你一样礼物，它就跟你一样冷酷，一样美丽，一样空洞，而且一样容易看透。'他有点吓到我了——他的眼神如此阴郁。我还以为他要转让给我一栋闹鬼的凶宅，或是什么打开来会爆炸的东西呢。结果那个碗就出现了，它当然很美。它的直径还是周长什么的，有两英尺半——或是三英尺半 [1]。总之，餐具柜根本容不下它，它会整个凸出来。"

"亲爱的，那不是太奇怪了吗！他不就是大约在那时候离开镇上的？"派珀太太匆忙在脑中以斜体字记下——"冷酷、美丽、空洞，而且容易看透。"

"是啊，他跑去了西部——还是南部——总之是某个其他地方。"派珀太太回答，显露出一股天生的迷糊，就是这充满魅力

---

[1]　1 英尺为 30.48 厘米。

的迷糊气息，让她的美貌随着岁月与日俱增。

菲伯太太戴上她的手套准备离开，临走前又称赞了几句，说从宽敞的音乐室到书房这一路延展的开放空间，让远处的餐厅露出了一部分，看上去让人觉得非常宽阔。镇上再也找不到这么小而美的精致雅宅了。而派珀太太还曾经说过想搬去迪韦罗大道，住比较大的房子。哈洛·派珀先生一定是印钞票的。

当她在渐浓的秋暮下走入人行道时，她显露出不以为然、略为不快的神情，这是所有年届四十、坐拥财富地位的成功女性上街时都会摆出的一副表情。

如果我是哈洛·派珀，她心想，我会少花一点时间在事业上，多花一点时间待在家里。应该要有个朋友来提点他的。

但如果菲伯太太认为这个下午"大有斩获"的话，那么只要再等两分钟，她就能宣称这"根本就是一场胜利"。因为只过了一会儿，在她不过走了几百码，身影渐行渐远却仍未消逝之际，一位相貌英俊、心急如焚的年轻男子走向派珀家。派珀太太亲自来应门，然后她以相当诧异的神色，将他迅速带进了书房。

"我必须见你。"他开始失控地说，"你的字条让我心乱如麻。是哈洛逼你写这封信的吗？"

她摇了摇头。

"已经结束了，弗瑞德。"她缓慢地说，在他眼中，她的唇从未看起来如此像凋落的玫瑰花。"昨天晚上，他回到家的时候脸色很难看。洁西·派珀觉得自己有那个责任，所以就跑到他的办公室告诉了他这件事。他非常受伤，而且……噢，我不忍心看到他这个样子，弗瑞德。他说，俱乐部里的人整个夏天都在说我们的八卦，也曾经对他闪闪烁烁地提过，而他并不知情；不过现在那些零碎的谈话他都听懂了，也发现大家话里藏的是什么。他非常生气，弗瑞德，而他爱我，我也爱他……相当爱。"

格德尼缓缓地点点头，半闭着双眼。

"是啊。"他说，"是啊，我的问题就跟你一样，对别人的所说的话都过分敏感了。"他灰色的双眸坦率地与她深色的眼睛相会。"幸福时光已经结束了。我的天啊，爱芙琳，我已经坐在办公室里一整天，看着你的信封发呆，一直看着，一直看着……"

"你得走了，弗瑞德。"她坚定地说，而她略为加重的催促语气，对他而言是一项新的冲击。"我已经以我的名誉向他保证不再见你。我很清楚哈洛所能容忍的限度，而今天傍晚和你在这里见面，是我不该做的事情之一。"

他们仍站着，而当她说话时，她稍微移向门边。格德尼悲惨地看着她，试图在这里的最后时刻能够珍藏她最后的影像……然后，突然间，他们都因为外面人行道传来的脚步声而冻结成两座石像。她立刻伸手抓住他大衣的翻领……半推半拉地让他穿过大门，进入阴暗的餐厅。

"我会让他上楼。"她凑近他耳边低语，"在你听到他上楼之前不要乱动，然后你就从前面出去。"

接着他独自听着她在大厅招呼她的丈夫。

哈洛·派珀三十六岁，比他的妻子大九岁。他长得算是英俊——不过得稍微加上旁注：就是双眼之间距离太近，以及他的脸在静止时会显得有点呆板。他在面对格德尼这件事上的态度，可以代表他处理所有事的态度。他已经告诉爱芙琳，他认为这个话题已经结束了，而且绝不会责备她，或是用任何方式来影射她。他自认为这样已经非常宽大为怀了——而且认为妻子应该也会感激涕零。然而，就如同所有自认胸襟宽阔的男人一样，他的心胸其实十分狭隘。

今晚他对爱芙琳特别热情。

"你必须快点打扮，哈洛。"她热切地说，"我们要去波森家。"

他点点头。

"我不用花太多时间打扮，亲爱的。"他的话语渐渐消失，他走进书房。爱芙琳的心怦怦作响。

"哈洛……"她的声音开始有点断断续续，并随着他进了书房。他点了烟。"你得快点，哈洛。"她把话说完后便站在门口。

　　"为什么?"他有点不耐烦地问,"你自己都还没准备呢,爱芙。"

　　他躺在一张莫里斯安乐椅[1]上,然后摊开报纸。一种虚脱感油然而生,爱芙琳明白这意味着他至少会躺上十分钟——格德尼正屏息地站在隔壁房间呢。要是哈洛决定在上楼之前先从餐具柜上拿瓶酒来喝,那该怎么办?她想到可以先帮他带来酒瓶和酒杯,以阻止意外发生。虽然她很怕会以任何方式唤起他对餐厅的注意,但她不能再冒任何风险。

　　但在这同时,哈洛起身,将他的报纸扔下,然后走向她。

　　"爱芙,亲爱的。"他说,同时用手臂环抱着她,"我希望你没有在想着昨晚的事……"她靠向他,一边颤抖着。"我知道。"他接着说,"对你来说,那只是交友不慎。我们都会犯错的。"

　　爱芙琳几乎听不见他说话。她在想,不知道能不能就这样紧抱着他,把他带到楼上。她又想到也许可以假装生病,要他带她上楼——不幸的是,她知道他会让她躺在沙发上,然后为她带来威士忌。

　　突然间,她的神经紧绷到几乎断线的地步。她听见餐厅地板上传来微弱但相当明显的嘎吱声。弗瑞德正试图从后门出去。

---

[1]　一种可以调整椅背角度的安乐椅。

接着，一声宛如铜锣般的沉闷巨大声响回荡在整栋房子，她的一颗心简直跳了出来。格德尼的手臂撞到了那只大的雕花玻璃碗。

"什么声音！"哈洛大喊，"谁在那里？"

她紧抱着他，但他挣脱了，而且她似乎听到从房间里传来的碰撞声。她听见厨房门被转开，两人扭打，以及锅具激烈的撞击声。而在激动的绝望下，她冲进了厨房，并停止这场骚动。她丈夫的手臂松开了格德尼的脖子，然后站着纹丝不动，起先是惊愕，然后脸上渐渐显露出痛苦。

"我的天哪！"他迷惘地说，接着又重复了一次，"我的天哪！"

他转身，似乎又想再扑到格德尼身上，但他停住了。他的肌肉显然也已经放松下来，只是略略苦笑一下。

"你们这些人……你们这些人……"爱芙琳的手臂环抱着他，她的眼神正发狂地向他发出恳求，但他将她推开，茫然地坐在厨房的椅子上，他的脸宛如瓷器。"你竟然一直背着我做这种事，爱芙琳。啊，你这小恶魔！你这小恶魔！"

她从未对他感到这么歉疚，也从未如此怜爱自己的丈夫。

"不是她的错。"格德尼有点低声下气地说，"是我自己就这样跑来的。"但派珀摇摇头，在他抬头凝望时，那副神情就像是遭逢某件意外事故，导致身受重伤，一时丧失了心智。他的眼神突然变得悲哀，触动那根埋藏在爱芙琳内心深处、不曾作声过的心弦——同时也令她感到强烈的愤怒。她感觉到她的眼皮在燃烧；她猛烈地跺脚；她的手神经质地在餐桌上四处抓爬，仿佛在寻求武器，接着她失控地扑向格德尼。

"滚出去！"她尖叫，她漆黑的眼眸中燃烧着熊熊怒火，小拳无助地捶打在他张开的手臂上，"你竟然这么做！离开这里……滚出去……滚出去！滚出去！"

二

关于三十五岁的哈洛·派珀太太，众人意见相当分歧——女人说她依旧相当赏心悦目；男人则说她已经风华不再。而这大概是因为她美貌中令女性惧怕、令男性追随的特质已经不复存在。她的眼睛还是一样大而深邃，还是一样哀伤，但神秘感已然消失；那份哀伤已不再带着永恒的气质，而只是凡人的情感，而且她发展出一种习惯，在她受惊或恼怒时，会皱起眉头，眨好几下眼睛。她的唇也已经失色：润红渐渐退去；原本她微笑时那微微向下的嘴角，更增添了她双眼中的哀愁，而且带着朦胧的嘲弄与俏丽，这些都早已消失。现在她微笑时，嘴角都会上扬。往日当她陶醉于自身的美貌时，爱芙琳非常喜欢自己的微笑，并加以卖弄强调。而当她停止强调时，那种微笑便渐渐淡出，而她仅存的神秘感也随之消逝。

爱芙琳在弗瑞德·格德尼事件后的一个月内，已停止强调她的微笑。表面上，事情一如往常地结束了。但就在爱芙琳发现她有多爱她丈夫的短暂时刻里，她才意识到自己对他造成了多么无法磨灭的伤害。有一个月的时间，她都在与令人心痛的沉默、激动的谴责和控诉抗争——她恳求他，以安静、卑微的方式向他稍微示爱，而他却心碎地嘲笑她——接着，连她自己也逐渐陷入沉默，一道阴暗、难以穿越的屏障落在他们之间。她将大量涌现的爱挥霍在唐纳德，也就是她的小男孩身上，并且非常惊异地意识到，这个孩子已成了她生命中的一部分。

次年，由于彼此间越来越重的共同利益与责任，以及时而在两人心中复燃的零星残火，让这对夫妻又再度和好了——但在略显无力的激情洪流过后，爱芙琳才意识到她已错失了她最宝贵的机会。如今一切都已成空。她原本可以同时拥有青春和爱——但沉默的时间已慢慢使情感的泉源枯竭，而她想再度饮用它们的欲望也已经死去。

她第一次开始找起女伴，重读过去曾经读过的书，一边可以看着她挚爱的两个孩子，一边做一些针线活。她会担心一些小事——若她看见餐桌上有面包屑，她的心思就会渐渐飘离淡化。也就是说，她已渐渐进入中年了。

她的三十五岁生日是格外忙碌的一次生日，因为当天已近傍晚才匆匆决定要在晚上宴客。那时，她正站在卧房的窗前，而且发觉自己已经相当疲倦了。十年前，她会躺下休息，但现在，她有种需要留意事情的感觉：女仆还在楼下收拾，家里的摆饰品还散落一地，还有食品店的人等一下就会到了，吩咐他们的时候口气不硬一点是不行的……然后要写一封信给唐纳德，他已经十四岁了，而且这是他第一年离家念书。

她几乎已决定要躺下，然而，当她突然听见一个熟悉的信号，是小茉莉从楼下传出来的。她紧闭嘴唇，皱起眉头，然后眨了眨眼睛。

"茉莉！"她呼唤。

"啊……啊……啊……噢！"茉莉哀怨地将语句拉长。然后是第二名女仆希儿达的声音传到楼上。

"她有点把自己割伤了，派珀太太。"

爱芙琳快速移动到她的针线篮边，在里头翻找，直到她找到一块被撕过的手帕，然后匆忙下楼。一会儿，茉莉在她怀里哭喊，而她则赶忙找伤口。茉莉的洋装上还留着模糊的细微血迹。

"我的大拇……指！"茉莉解释，"噢……噢……噢，好痛。"

"就是这个大碗，这一个。"希儿达辩解地说，"在我擦亮餐具柜的时候，它搁在地上，而茉莉过来，然后玩它。她就这样刮伤她自己。"（注：希儿达为瑞典人，所以英语并不标准。）

爱芙琳对希儿达大大地皱起眉头，同时果断地将坐在自己腿上的茉莉转过来，开始将手帕撕成条状。

"现在……让我们看看，亲爱的。"

茱莉把大拇指伸出来，而爱芙琳则马上一把抓住，迅速进行包扎。

"这样就好啦！"

茱莉怀疑地审视她被包起来的拇指。她弯了弯它，而它也跟着摇了两下。在她泪迹斑斑的脸上浮现了愉快和好奇的神情。她抽抽鼻子，然后再度摇动它。

"我的宝贝！"爱芙琳呼喊并亲吻她，但在她离开房间以前，她又对着希儿达皱了一次眉。真不小心！现在的用人都这样。如果她可以找到一个优秀的爱尔兰女佣就好了……不过现在已经再也找不到了……而这些瑞典人……

哈洛在五点钟时到家，来到了她的房间，兴高采烈地威胁说今天是她的三十五岁生日，所以非得亲她个三十五下来庆生不可。他整个人开心得有点反常。但爱芙琳加以反抗。

"你喝过酒对吧。"她不耐烦地说，然后又补充道，"虽然只是小酌，不过你知道我很讨厌那股味道。"

"爱芙。"他坐在窗边的椅子上，停顿了一下说，"现在有些事我可以告诉你了。我想你也知道目前我们在城里的生意出了点问题吧。"

她站在窗边梳着头，但听到这些话时，她转头看着他。

"你是什么意思？你一直都说市区里就算再多开几家五金批发行，也不会有问题啊。"她的声音流露出惊慌。

"过去的确是这样，没错。"哈洛意味深长地说，"但这个克拉伦斯·艾哈恩是个聪明人。"

"你说他要过来吃晚餐的时候，让我吓了一跳呢。"

"爱芙。"他继续说，又拍了下膝盖，"元旦过后，'克拉伦斯·艾哈恩公司'就会变成'艾哈恩与派珀公司'……而且到时候就没有'派珀兄弟'公司了。"

爱芙琳吓坏了。听到他的名字被摆在第二个位置，她有点难以接受，但他看起来还是很雀跃的样子。

"我不明白，哈洛。"

"噢，爱芙，艾哈恩和马克斯一直都偷偷有些往来。要是当初这两个人联手，那我们早就变成败家犬了，只能勉强维持生计，捡一些比较小的订单，一旦碰到风险较大的生意就只好缩头放弃。问题全在资金啊，爱芙，如果当初'艾哈恩与马克斯公司'成立的话，他们早就独霸了整个市场，不过现在，就该由'艾哈恩与派珀公司'来完成这番轰轰烈烈的事业了。"他停下咳了几声，一些带着威士忌味道的酒气向上飘进她的鼻孔。"告诉你实话吧，爱芙，我怀疑艾哈恩的妻子和这件事多少有关。

听说她是个野心勃勃的小女人。我猜她知道在本地的社交圈，马克斯夫妇没办法给她多大帮助。"

"那……她的家世背景很普通啰？"爱芙问。

"老实说，我也从来没见过她，不过应该是这样没错。克拉伦斯·艾哈恩申请加入乡村俱乐部已经五个月了——到现在都还没有任何回音。"他轻蔑地摇摇手。"我今天和艾哈恩一起吃午餐，而且事情也都谈得差不多了，所以我想邀他们夫妻俩今晚过来，表示一下善意——我只邀了九个人，主要都是自己家里的人。毕竟这对我来说是件大事，而且当然我们也必须了解一下对方，爱芙。"

"没错。"爱芙若有所思地说，"我想是有这个必要。"

令爱芙琳烦恼的并非社交的部分——而是"派珀兄弟"变成"艾哈恩与派珀公司"这个主意吓坏了她，感觉好像带着某种衰败的味道一样。

半小时后，在她为晚宴打扮时，她听见他从楼下传来的声音。

"噢，爱芙，下来！"

她走出房间并进入大厅，然后在楼梯扶手上说："怎么了？"

"我想要你帮我在晚餐前弄一些那种潘趣酒。"

爱芙琳匆忙地将洋装再挂回去，她下楼后发现他已经将材料都放到餐厅的桌上。她走到餐具柜旁，拿出一个碗，然后递过去。

"噢，不行。"他反对，"用那个大的碗吧。客人会有艾哈恩和他的妻子，你、我和米尔顿，这样是五个人，还有汤姆和洁西，这样就七个了，还有你姐姐和乔·安柏乐，总共就有九个人。你都不知道你亲手调的潘趣酒有多受欢迎呢。"

"这个碗就够了。"她坚持，"你也知道汤姆是什么样的人。"

洁西的丈夫、哈洛的第一个堂兄汤姆·洛里，有种一旦开始喝了第一口，就非得喝光才肯罢休的倾向。

哈洛摇摇他的头。

"别傻了。那个只能装大约三夸脱，而我们有九个人，而且仆人也会喝一些——再说这又不是多浓的潘趣酒。装多一点感觉比较开心嘛，爱芙，我们又不必全都喝光。"

"我说用小的。"

他再度顽固地摇摇头。

"不行，讲一点道理好吗？"

"不讲道理的人是你。"她没好气地说，"我只是不想看到任何人在这屋子里喝醉。"

"谁说你想看到有人喝醉了？"

"那么就用小的碗。"

"现在，爱芙……"

他抓起较小的碗，要将它放回去。她的手立刻摆在碗上，把它拿下来。两人抗争了片刻，然后他恼火地轻哼了一声，从她手中将碗抢下，然后摆回餐具柜里。

她看着他，试图让自己做出鄙视的神情，但他只是笑着。她认输了，但却发誓再也不管潘趣酒的事，然后就离开了房间。

三

七点半时，爱芙琳的脸颊散发出光采，梳得高高的头发隐约可见少许发蜡，就这么下楼来。艾哈恩太太是一名红发下隐藏着些许神经质、穿着非常帝国式礼服的娇小女性，喋喋不休地和她打招呼。爱芙琳当下并不喜欢她，但她对她丈夫则较为赞许。他有着锐利的蓝色眼眸，以及天生能够取悦人的天赋，倘若他没有犯下如此明显的错误——在社会地位稳固前就太早结了婚的话，这原本可以让他在社交圈取得更大的成功。

"能认识派珀的妻子真是高兴。"他简单地说，"看来你的丈夫和我未来似乎要多了解彼此了。"

她点头致意，亲切地微笑，然后转身去招呼其他人：米尔顿·派珀——哈洛安静而害羞的弟弟；洛里夫妇——洁西和汤姆；艾琳——她自己未出嫁的妹妹；最后是乔·安柏乐——坚定的独身主义者和艾琳多年以来的男友。

哈洛带他们去用餐。

"我们将举行潘趣酒晚会。"他愉快地宣布——爱芙琳明白他已经品尝过他自己调的酒——"所以除了潘趣酒以外不会有任何的鸡尾酒。这可是我太太最拿手的得意杰作。艾哈恩太太，如果你要的话，她会给你配方的。但由于一点小小的……"他吸引了他太太的注意，然后停顿了一下，"……一点小小的身体不适，所以这一批是由我所负责调的。事情就是这样！"

整顿晚餐自始至终都是潘趣酒，而当爱芙琳注意到艾哈恩和米尔顿·派珀以及所有女客都开始对斟酒的女仆摇头示意时，她就知道选择小碗才是对的，碗里的酒还有半碗呢。她决定之后要直接警告哈洛，但当女士们离开餐桌时，艾哈恩太太硬是走过来想和她谈话，所以她只好礼貌地表现出有感兴趣的样子，跟对方聊起几座城市以及裁缝师。

"我们已经搬了好几次家。"艾哈恩太太喋喋不休地说着，她红色的头猛烈地摇着。"噢，没错，我们过去从未在一个城镇待这么久……但我确实希望我们能永远待在这里。我喜欢这里，你呢？"

"噢，你懂的，我一直住在这里，所以自然……"

"噢，那倒是真的。"艾哈恩太太笑着说。"克拉伦斯过去总是告诉我说，当他的妻子必须时常做好心理准备，因为他可能一回家就会说：'噢，我们明天要搬到芝加哥住了，所以快打包吧。'"

"所以我从来不敢指望能定居在某处。"她又笑了笑，爱芙琳怀疑这会不会只是她用来应付社交场合时所用的笑容。

"我想，你的丈夫一定是个非常能干的人。"

"噢，没错。"艾哈恩太太热切地向她保证。"他很有头脑。克拉伦斯就是这样的人，充满想法和热忱。他会找出他想要的，然后马上采取行动去达成目标。"

爱芙琳点头，不过心里却只想知道那些男人是不是还待在餐厅里头喝潘趣酒。艾哈恩太太的故事时不时地展开，但爱芙琳已经停止聆听。好几支雪茄所喷出的烟味第一次飘了进来。这房子真的不大，她心想。像这样的晚上，书房有时会被弥漫的烟雾染成一片蓝，而隔天必须让窗户开着数小时，以便让窗帘上难闻的浓烈气味散出。或许这样的合伙关系可以……她开始思索着新的房子……

艾哈恩太太的声音飘进她耳中："我真的很想要配方，不知道你能不能抄一份给我……"

这时，餐厅里传来椅子的声响，男人们晃了进去。爱芙琳立刻见到她最大的恐惧已经发生了。哈洛的脸发红，他说的每句话最后几个字都会粘在一起；而汤姆·洛里走起路来则东倒西歪，当他试着要坐在艾琳旁边的沙发时，身子突然向前倾，只差一点就要撞上她的大腿。汤姆坐在那儿，恍惚地对大家眨着眼睛。爱芙琳发现自己也对他眨了回去，但她明白这其中不带任何的幽默。乔·安柏乐正露出满足的微笑，并透过雪茄发出呼噜声。只有艾哈恩和米尔顿·派珀似乎不受到影响。

"这真的是一座很棒的城镇，艾哈恩。"安柏乐说，"住久了你就会知道的。"

"我已经这么觉得了。"艾哈恩愉快地说。

"以后你在这里还会过得更棒，艾哈恩。"哈洛说，并点头强调，"只要有我在旁边帮忙。"

然后他更加高昂地继续赞颂起这座城市，而爱芙琳不安地想知道这是否令大家感到厌烦，就像让她厌烦一样。但显然并非如此，他们全都专心地聆听。爱芙琳在第一个空当时插进来打断：

"你们住过哪些地方，艾哈恩先生？"她以一副很感兴趣的样子问道。接着她想起艾哈恩太太曾告诉过她，不过没关系。哈洛不该说这么多。在他喝酒时，他是这么的驴。可是才刚把他给救起来，他又硬是跳进来继续丢脸。

"告诉你，艾哈恩。首先，你得要弄一栋山上的房子来住住，史特恩的房子或里奇韦的房子都不错。找栋好房子，让大家一看到就说：'看，那就是艾哈恩公馆。'只要这样做，你知道的，每个人看你的眼神就会不一样。"

爱芙琳满脸通红。这听起来根本就乱七八糟，但艾哈恩似乎仍没有注意到哪里不对劲，只是严肃地点头。

"你在看……"但她的话渐渐被哈洛有力的声音给盖过去。

"找房子……那是开始的第一步。然后你们就要去认识朋友。对外人来说，刚开始这是个势利的城镇，但不会太久的……在认识你们之后，人们会喜欢你们的……"他用大动作指向艾哈恩与他的妻子。"……不会有问题的。这里是个有人情味的好地方，只要能跨越第一关障害……障……障害……"他吞了下口水，然后说，"障碍。"以良好的控制能力再重复一次。

爱芙琳以哀求的眼神看着她的小叔，但在他能够收拾残局之前，汤姆·洛里就抢先发出一连串模糊的咕哝声，因为他嘴里还紧咬着那根熄了的雪茄。

"胡嘛吴嘛荷胡嘛啊地嗯……"

"什么?"哈洛认真地问。

虽然勉为其难，但汤姆还是吃力地将雪茄从嘴里拿出来——也就是说他只拿出了半截，然后剩下的，他就"呼"一声朝房间对面吐去，结果一坨湿湿软软的烟草就落到了坐着的艾哈恩太太大腿上。

"对不起。"他咕哝着，然后起身，隐约想去抓回那块残渣。

米尔顿及时伸出了手按在他身上制止，艾哈恩太太则不失优雅地抖搂裙上的烟草，连看都没有低头看过一眼。

"我是说……"汤姆沙哑地接下去说，"刚刚真不好意思……"他道歉似的对艾哈恩太太摇摇手，"……我是说关于乡村俱乐部的事，所有实情我都听说了。"

米尔顿倾身对他低声说了些什么。

"别管我。"他赌气地说，"我知道我在干吗。他们今天会来，还不就是为了这个。"

爱芙琳不安地坐在那儿，试图让自己说些什么。她见到她妹妹露出嘲弄的神情，而艾哈恩太太的脸变成鲜红色。艾哈恩向下看着他的表链，用手指抚弄它。

"我听说是谁不让你进来，那个人一点也比不上你。我可以安排这整个该死的事。之前原本就可以的，但那时我还不认识你。哈洛告诉我，这件事让你很不舒服……"

米尔顿·派珀突然笨拙地站起身。不一会儿，每个人也都紧张地站起来，米尔顿匆忙地解释说自己得早点回家了，而艾哈恩夫妇则极专心地听他说着。接着艾哈恩太太吞了下口水，然后转身对洁西挤出微笑。爱芙琳看见汤姆的身体突然向前倾，并把手放在艾哈恩的肩膀上——突然间，她听到手边传来一个焦虑的新声音，于是她转身，发现了第二名女仆希儿达。

"对不起，派珀太太，我香拘莉（想茱莉）的手中毒了。整个终（肿）起来了，她的脸颊好烫，现在她正在痛苦地呻吟。"

"真的吗？"爱芙琳尖锐地问。聚会突然间渐渐远去。她迅速转身，用眼神搜寻艾哈恩太太的身影，然后来到她身旁。

"请见谅，……太太。"她突然间忘了对方的名字，但她马上接着说，"我的小女儿生病了。麻烦稍候一下，等我处理好了就会马上下来。"她转身，然后快速跑上楼。几缕飘散的雪茄烟雾，以及房间正中央的高声议论，构成了一幅混乱景象残留在她的脑海，而这似乎即将发展成一场争吵。

将儿童室的灯转开，她发现茱莉在床上激烈地翻来覆去，并且时而发出几声哭喊。爱芙琳把手放在她的脸颊上。她的脸在发烫。她惊呼一声，顺着茱莉的手臂往下伸进棉被里，直到她找到那只受伤的手为止。希儿达是对的。整只拇指一直肿到腕关节，中央有点红肿的伤口。是败血症！她在心中惊恐地大喊。绷带已从伤口上脱落，她必须想办法。她是下午三点钟割伤的——现在已经快晚上十一点了，八个小时。就算是败血病不可能恶化得这么快才对啊。

她冲到电话旁。

马路对面的马汀医师出门了。他们的家庭医师霍克医生也没有回应。她绞尽脑汁，在绝望之下打给她的喉科医师，而在他查阅两名内科医师的电话号码时，她猛咬着唇。在那漫长的时刻里，她似乎听见了楼下传来的大声喧闹——不过那感觉起来像是另一个遥远世界所发生的事。在十五分钟后，她找到一名看起来很生气，而且对于被从床上叫起而闷闷不乐的医师。她跑回儿童房，察看茱莉的手的状况，结果发现比之前更肿了些。

"噢，天啊！"她喊道，同时跪在床边，开始一再抚摸着茱莉的头发。隐约想到要拿一些热水，于是她起身，盯着门看，但她洋装的蕾丝却卡到床的栏杆，于是她向前跌落，手和膝盖着地。她挣扎地站了起来，狂暴地将蕾丝猛地一拉。床动了动，而茱莉呻吟着。然后她放轻了手脚，但手指却突然迟钝了起来。她摸到了前面的褶，于是将整个裙撑扯下，然后冲出房间。

走出房间并进入大厅，她听见某个人正以强硬的语气大声说话，但当她抵达楼梯口时，声音就停了，外面的门砰一声地关上。

音乐房映入眼帘。只有哈洛和米尔顿在那儿，前者倚靠在椅子上，他的脸非常苍白，他的衣领敞开，而他的嘴松散地动着。

"怎么了？"

米尔顿焦虑地看着她。

"出了点小麻烦……"

这时哈洛看着她，努力挺直身子，并开口说话。

"竟、竟然敢在我家污辱我堂妹夫。那个该死的低贱暴发户。那可是我，我的堂妹夫……"

"汤姆和艾哈恩吵了起来，然后哈洛也插上一脚。"米尔顿说。"老天，米尔顿，"爱芙琳大呼，"你就不能做点什么吗？"

"我试过。我……"

"茱莉病了。"她打断他的话。"她的伤口恶化了。如果方便帮个忙的话，把他扶上床去睡吧。"

哈洛抬头往上看。

"茱莉病了？"

爱芙琳完全没理他，就径自走到餐厅，突然震惊地瞥见大潘趣酒碗仍然在桌上，底部是融化的冰水。前面的楼梯传来脚步声——那是米尔顿正在扶哈洛上楼，然后又听见一声嘟哝："哎呀，茱莉看起来没问题。"

"别让他进孩子的房间！"她大声喊道。

接下来的几小时成了一场模糊的梦魇。医生正好在午夜之前抵达，花了半小时时间将伤口切开。他在两点钟时给她两名护士的住址，要她打电话叫她们来，之后便离开了，但他保证会在六点半时再过来一趟。这果然是败血症。

　　四点钟，她将希儿达留在床边，走向自己的房间，发抖地脱下她的晚礼服，然后踢进某个角落。她换上家居服后回到了儿童房，而希儿达则在煮咖啡。

　　一直到中午，她才有空到哈洛的房间去看一看，但当她这么做时，她发现他已经醒来，而且非常难受地盯着天花板看。他将布满血丝的空洞眼睛转向她。有那么一刻，她莫名地厌恶他。一个沙哑的声音从床上传来。

　　"现在几点了？"

　　"中午了。"

　　"我该死地出了糗……"

　　"那已经不算什么了。"她尖锐地说。"茱莉得了败血症。他们也许……"她哽咽地说不出话来。"他们说，茱利的手可能需要截肢了。"

　　"什么？"

　　"她割伤了自己……就是被那个碗割的。"

　　"昨天晚上吗？"

　　"噢，那有关系吗？"她哭喊，"她得了败血症！你没听到吗？"他困惑地看着她——从床上半坐而起。

　　"我会尽快穿好衣服。"他说。

　　她的愤怒消退，一股强大的疲倦和对他的同情如浪般朝她滚滚袭来。毕竟，自己的不幸也就是他的不幸。

"没错。"她无精打采地回答，"我想你还是快穿衣服吧。"

四

若说爱芙琳的美貌在她三十岁出头时还有所迟疑，不忍离去，那么在那之后，它便突然像是下定决心一般，完全地将她遗弃。原本只隐隐浮现在她脸上的皱纹陡然加深，赘肉也快速聚集在她的腿部、臀部和手臂。她皱眉头的习性已经成了一种表情——在她阅读、说话，甚至连睡觉时都会显露出来。她四十六岁了。

就如同大多数家境未能走向繁盛，反而日渐衰败的夫妻一样，她和哈洛也在不知不觉间进入了一种黯淡的对立。两人静静歇息的时候，会以一种容忍的眼神彼此对望，仿佛正看着一张已经磨损了的旧椅子。和意志消沉的人同住一个屋檐下，是这么地疲倦沮丧，所以在他生病时，爱芙琳虽然有点担忧，不过还是尽量想办法让自己能够开心一点。

傍晚的家庭桥牌总算结束，让她松了口气。就算她今晚打错的牌比平常还多，她也并不在意。都怪艾琳不该开口，说什么步兵在战场上碰到的危险特别大。现在已经三个礼拜都没有信寄来了，尽管这是稀松平常的事，但还是每次都令她神经紧张。很自然地，她也就不会记得自己到底出过几张梅花了。

哈洛上楼去了，所以她走到门廊上去呼吸点新鲜空气。皎洁迷人的月光洒在人行道和草坪上。她一边稍稍打个呵欠，一边同时面露笑容，因为这让她想起自己年轻时在月光下，某次与情人缠绵整夜的风流韵事。如今回头想想，当年她的生活竟完全是由一次次的恋爱交织而成，这令她感到非常吃惊。可是如今构成她全部生活的，已经变成一个接着一个的难题。

茱莉就是其中一个难题——茱莉已经十三岁了，不久前开始对自己的残缺越来越敏感，而且总是宁愿待在自己房间里看书。几年前，去上学的主意吓坏了她，而爱芙琳也不忍心强迫她，因此她就一直在母亲的保护下长大。这个可怜的孩子因为不愿意使用装上的假手，所以就一直将那只手插在口袋，看上去很令人心酸。最近，因为爱芙琳担心再这样下去她会连手臂都抬不起来，所以就让她学着使用那只假手，但是在学完之后，这小手又会爬回她的洋装口袋，只有听到母亲命令她才无精打采地动一动它。有一段时间，她的洋装被做成没有口袋的样式，但茱莉是如此悲惨且不知所措地在屋子里闲晃整整一个月，因此爱芙琳也动摇了，完全放弃这项试验。

唐纳德的问题从一开始就不同。她一直试着想把他留在自己身边，就如同她试图训练茱莉减少对自己的依赖，但却只是徒劳——最近唐纳德的问题已非她所能掌控。他所属的那个师三个月前就已经远赴海外作战。

她再度打起呵欠——生活是属于年轻人的。过去她所拥有的青春时光，可以说有多么快乐啊！她想起了她的小马"碧玉"，十八岁时和她母亲的那趟欧洲之旅……

"复杂，实在太复杂了。"她严肃地对着月亮大声说道，然后走进屋里，就在接近门边时，她听见书房里的吵闹声，然后吓了一跳。

那是中年的仆人玛莎，他们现在只留下一位仆人。

"哎呀，玛莎！"她惊讶地说。

玛莎迅速转身。

"噢，我还以为太太在楼上呢，我主素（只是）……"

"出了什么问题吗？"

玛莎犹豫着。

"没有啦，我……"她局促不安地站在那儿。"有一封信，派珀太太，我放到了某个地方。"

"一封信？你自己的信？"爱芙琳问。

"不是，是给您的。派珀太太，是邮差今天下午最后一趟送来的。邮差拿给我，然后后门的门铃响了我就跑去开门。我把信拿在手上，所以一定是不知道塞到哪儿去了。所以我想现在溜进来找找看。"

"什么样的信？唐纳德先生寄来的吗？"

"不是，是广告信，不然就是某家商店之类寄来的信。是一封又长又窄的信，我记得。"

她们开始找遍音乐房，找托盘和壁炉台，然后找遍书房，摸索整排书的顶端。玛莎绝望地停了下来。

"我想不起来在哪里。我那时候直接走到厨房。或许是在餐厅。"她开始怀着希望走向餐厅，但在听见她背后的喘息声后突然转身。爱芙琳重重地坐在莫里斯安乐椅上，她的眉头深锁，眼神极度茫然。

"您身体不舒服吗？"

一时没有回应。爱芙琳非常安静地坐在那儿，而玛莎可以看见她胸口极快速地起伏。

"您身体不舒服吗？"她重复问道。

"没事。"爱芙琳缓缓地说，"但是我已经知道信在哪里了。你可以走了，玛莎，我知道了。"

玛莎惊讶地离开，而爱芙琳仍坐在那儿，只有眼睛周围的肌肉在动着——收缩、放松，然后再度收缩。她现在知道信在哪儿了——就像是她自己亲手放的一样。而她本能且毫无疑问地感觉到那封信是什么了。那是封长而窄，像广告的一封信，但上面的角落以大字写着"陆军部"，而下面以小字写着"公务"。那封信一定就是在那个大碗里，信封外面用墨水写着她的名字，而里头则收着让她灵魂死去的讯息。

她迟疑地起身，走向餐厅，沿着书架摸索着方向，然后穿过门口。一会儿后，她找到了灯，并将它打开。碗就在那儿，在电灯的照明下闪耀出重重光晕，深红的光芒外环绕着一圈黑光，黄光外又包围着一圈蓝光，沉重而灿烂，诡谲多变且带着猛烈的凶兆。她向前走一步，再度停了下来；再走一步，她就能看见碗口和内里——再一步，她会看见白色的边——再一步——她的手落在那粗糙、冰冷的表面……

她立即将它撕开，胡乱摸找那难以对付的褶边，拿在自己面前，而打印的页面朝外发出刺眼的光，并照在她身上。接着它像鸟儿一般飞落到地面上。原本感觉好像嗡嗡作响的房子自那一刻起突然变得非常安静；敞开的前门透入微风，将一辆汽车从外头经过的噪音带了进来；她听见楼上传来微弱的声音，书架后的水管发出刺耳杂声——她的丈夫正打开水龙头……

而就在那一刻，她觉得唐纳德的死最后好像已经不是重点了。在一场场平常看似风平浪静，但当你忘记时，对手却又猛烈袭来的狡诈竞赛当中，他的死，似乎变成只是记录其中一场胜负的记号。而爱芙琳的敌人，就是这只透着冷酷与恶意的美丽礼物，一个她连长相都早已忘记的男人，怀着恨意所送的邪恶礼物。多年来它就是像现在这样若有所思地静静蜷伏，稳坐于这栋房子的正中央，散发出千眼的冰状光束，让邪恶的光芒彼此交融，始终不老，也绝不改变。

爱芙琳坐在桌缘上，看着它出神。此时它似乎正在微微冷笑，非常残酷的冷笑，仿佛在说：

"瞧，这次我不必直接地伤害你。我不用费心，你知道夺走你儿子的就是我。你知道我有多么冷酷、苛刻和美丽，因为你也曾经同样的冷酷、苛刻和美丽。"

碗似乎突然间倒转了过来，然后膨胀、变大，直到变成一个闪闪发光并颤动着的罩盖，盖住整间房间，盖住整栋房子。而碗壁则缓缓融进薄雾里，爱芙琳看见它仍在向外移动，向外并远离她。透过这层壁向外看去，遥远的地平线、星星、月亮、太阳都变成漆黑模糊的点点墨渍。所有人都在这层罩盖之下走着，照在他们身上的光产生折射并扭曲，直到阴影看起来像光线，而光线看起来像阴影——直到这世界的一切摆设都在大碗闪烁的天空下变形扭曲。

这时传来遥远的隆隆声，就像是低沉而清晰的铃声。它来自碗的中央，从大的边向下至地面，然后热切地弹向她。

　　"看好了，我就是命运。"它大喊。"你所有的计划在我面前根本微不足道。我决定一切成败，你的那些小小梦想完全无法与我抗衡；我是飞逝的时间之流，终结人类的美貌与未实现的欲望；所有意外、疏忽，以及累积成危机时刻的每一分每一秒，都出自于我手。我是唯一毫无规则可言的例外、你伸手所不能及的界线，也是你人生的辛香料。"

　　隆隆声停止了。苍茫大地上的回音朝形成世界边界的碗缘散去，并向上沿着碗壁，回到中央——整个罩盖的正中央。它们嗡嗡作响了一会儿，然后消逝。接着巨大的墙壁开始缓慢地逼近她，同时变得越来越小，越来越近，仿佛要压垮她似的。而当她握紧拳头，等待着冰冷的玻璃将她挤碎时，碗突然猛然抽身，然后翻转过来——下一秒又置身于餐具柜上，闪耀且神秘莫测，宛如受到百片棱镜一起折射，射出了纵横交织的万色璀璨光芒。

　　冷风再度穿越前门吹了进来，爱芙琳以不顾一切、发狂似的力量，用她的双臂环抱着碗。她必须快点——她必须坚强。她用力将碗抱得更紧，直到两臂疼痛，并且绷紧她柔软肌肤下纤细肌肉，用尽了全身的力量才将碗捧起。她感觉到风冷冷地吹在她的背部，因为她的洋装已经因为用力过度而裂开。与此同时，她转身朝向风吹来的方向，然后背负着那庞大的重量蹒跚走出了书房，并继续走向前门。她必须快点——她必须坚强。她手臂的血液隐约抽动着，而双膝也持续发出悲鸣，但冰冷玻璃的触感并不坏。

走出前门，她跌跌撞撞地走上石阶，在那里以最后的努力唤醒她灵魂和肉体的每一条纤维，让自己转了半圈——一会儿，当她试着松开她抓着的东西时，她麻木的手指紧贴着碗粗糙的表面，而在那一刻，她滑倒了，失去了平衡，在绝望的叫喊声中向前倒下，她的手臂仍环抱着碗，倒下……

光线持续照在街道上。玻璃重重粉碎的声音传遍整个街区，行人们惊愕地冲了上来，楼上一名疲倦的男人从即将进入的睡眠中醒来，小女孩在梦魇不绝的小睡中啜泣着。而在月光照耀的人行道上到处是静止的黑影，数以百计大小形状不一的玻璃碎片四处散落一地，在灯光的照耀下映射出蓝色、黄边黑色、黑边黄色和红色的细小微光。

超级新鲜人巴西尔

一

在夜深人静时，这是间隐秘的百老汇餐厅，一群光鲜亮丽且神秘的社会人士、外交人员，以及黑社会成员都在那里。几分钟前，发泡的酒流了出来，一位女孩快活地在桌上跳舞，但此时所有人都静默无声且屏住了气息。所有人的目光都盯着一个戴着面具但衣着入时的男子。他穿着礼服，戴着礼帽，满不在乎地站在门边。

"别动，拜托。"他以一种受过良好教育，文雅但仍透露出冷酷的声音说，"在我手中的这样东西可能会……不小心走火。"

他的视线在每张桌子间游移——落在这名邪恶的男人身上，他苍白而阴郁的脸高过了石南花，是名文雅的外国密探。接着他的目光停留得稍久，而且或许稍微柔和了些，停在一名有着黑发、悲剧性黑眸，独自一人坐着的女孩桌上。

"现在，我已经达到我的目的，你们或许会想知道我是谁。"每个人的眼里闪过了一丝期望。黑眼女孩的胸膛微微地起伏着，一股极微弱的精致法国香水味突然飘散至空气中。"我正是那难以捉摸的绅士——巴西尔·李，也就是大名鼎鼎的幻影。"

他脱下他合身的礼帽，同时讽刺地鞠了个躬。然后犹如闪电般，转身并消失在漆黑的夜里。

"你一个月只能去纽约一次。"路易斯·克朗姆说着，"而且旁边还必须有一名男老师陪着才行。"

慢慢地，巴西尔·李呆滞的眼神从印第安纳乡间的谷仓和告示牌，转向百老汇有限公司的内部。林立的电线杆的催眠作用退去，面对着对面长椅上的白色套子，无动于衷的神情在路易斯·克朗姆的脸上成形。

"等一到纽约的时候，我就会把那个老师甩掉了。"巴西尔说。

"没错，你会！"

"我敢打赌我会。"

"你试试看，等着瞧吧。"

"你一直说等着瞧是什么意思，路易斯？我会碰到什么？"

他非常明亮的深蓝色眼睛，此时带着厌烦和不耐烦看着他的同伴。这两人唯一的共同点就在他们的年纪；他们俩都是十五岁，以及他们父亲终生的友谊——这点一模一样。而且，他们都正要从同一个中西部城市到同一间东部学校，这是巴西尔的第一年，路易斯的第二年。

然而，和所有最佳传统相反的是，路易斯这个老鸟满面愁容，而巴西尔这个菜鸟却雀跃无比。路易斯痛恨学校。他完全是在一位亲切、充满活力的母亲的激励下长大成人的，因此，当他发现她离他越来越远时，他更是深深陷入愁云惨雾和乡愁中。另一方面，巴西尔对寄宿学校生活如此丰富的故事怀抱着极大的热情，因而完全不会想家，他高兴地从中找到认同感和熟悉感。确实，带着某种做适当事情的感觉，在传统的喧闹游戏下，他昨晚在密尔沃基毫无理由地将路易斯的梳子扔出火车。

对路易斯来说，巴西尔无知的热忱令人不太愉快——他本能地尝试阻止巴西尔的行为，导致了双方的恼怒。

"我来会告诉你，你会有什么下场。"他不祥地说，"他们会抓到你抽烟，然后把你绑起来。"

"不，他们才不会，因为我不会抽烟。我会开始进行做足球训练。"

"足球！好耶！足球！"

"老实说，路易斯，你什么也不喜欢，对吧？"

"我不喜欢足球。我不喜欢到外面去把眼睛弄伤。"路易斯带着攻击性地说，因为他母亲将他所有的胆怯都推崇为常识。

巴西尔的答案带着他自以为的善意，然而却是某种产生终生敌意的评论。

"如果你玩足球的话，你大概会受欢迎得多。"他自以为高人一等地提出建议。

路易斯并不认为自己不受欢迎。他完全没有这么想过。他大吃一惊。

"你等一下。"他发狂地大叫，"他们会觉得你很嫩。"

"你冷静一点。"巴西尔说，神情自若地拉拉他第一件长裤的皱褶，"就冷静下来吧。"

"我想大家都知道你是学校里最嫩的男生。"

"冷静下来。"巴西尔又说了一遍，但这次较缺乏自信，"麻烦你冷静下来。"

"我想我知道他们在学校的文件上是怎么说你的了……"

巴西尔自身的冷静已不复见。

"如果你不冷静下来的话……"他带着威吓的口吻说，"我也会把你的梳子扔出火车。"

这个强大的威胁十分有效。路易斯坐回他的座位，哼着鼻子嘀咕着，但无疑变得较为冷静。他提及的正是他同伴人生中最可耻的片段之一。在巴西尔上一间所读的学校里，那些男孩们所发表的期刊中，在人物的标题下出现了：

　　要是有自愿毒死小巴西尔，或是找到其他的方法来堵住他的嘴巴，对全校和我本人来说都是莫大的恩惠。

　　这两名男孩坐在那里，默默无言地对彼此感到恼火。然后，巴西尔毅然决然地试图将这过去的不幸回忆再度埋葬。现在，这一切都被他抛在脑后。或许他一直都有一点嫩，但他正要重新出发。过了一会儿，记忆随着火车疾驶而过，还有路易斯阴沉的存在——东部的微风吹来，再次带着强大的乡愁向他袭来。一个声音将他从虚构的世界中唤醒，一名站在他身旁的男人将手放在他覆以毛衣的肩膀上。

　　"李！"

　　"是的，先生。"

　　"现在一切都取决于你，明白吗？"

　　"是的，先生。"

　　"好吧，"教练说，"进去并赢得胜利吧。"

　　巴西尔以他年轻人的姿态撕裂毛衣，然后冲到场上去。比赛还剩下三分钟，比分是三比零，对方领先，但看到年轻的李，整年都因为学校霸王丹·哈士金，以及他的马屁精威佐·威姆斯恶毒的计划而坐冷板凳，一阵希望再度袭向圣瑞吉的看台。

"33-12-16-22！"个头娇小的四分卫米吉·特布朗吼叫着。

这是他的暗号……

"噢，天啊！"巴西尔大声地说，忘了不久之前的不愉快，"我希望我们能在明天之前抵达那里。"

二

圣瑞吉学校，伊斯特切斯特

11 月 18、19 日

亲爱的母亲：

　　今天没什么好说的，但我想我得写信跟你商量零用钱的事。所有男孩的零用钱都比我多，因为我还需要买好多东西，像是鞋带等等的。学校还是很好，而且我非常开心，不过足球赛已经结束了，所以没有太多事情可做。这个礼拜我要去纽约看表演。我还不知道表演的内容，但大概会是贵格女孩或是忧郁男孩，因为他们都很棒。贝肯博士人很好，而且村里有一个好医生。今天就写到这里，因为我要去学代数了。

你挚爱的儿子

巴西尔·李

　　当他将信放进信封时，一个面黄肌瘦的小男孩走进他坐着的这个空空荡荡的自习室，然后站着盯着他瞧。

　　"哈啰。"巴西尔皱着眉头说。

　　"我一直在找你。"小男孩缓慢且明确地说，"我找遍了所有地方——你楼上的房间和体育馆外面，然后他们说你大概会溜到这里来。"

　　"你想干吗?"巴西尔问。

　　"别着急，臭屁鬼。"

　　巴西尔突然站起。小男孩向后退了一步。

　　"继续，打我啊!"他神经质地尖声说道，"继续，打我啊，因为我体型只有你的一半……臭屁鬼。"

　　巴西尔退缩了。"你再那样叫我一次，我就打你的屁股。"

　　"不，你才不会打我的屁股。布列克·威尔斯说，如果你碰我们任何人一根汗毛……"

　　"可是我从未碰过你们任何人。"

　　"有一天你不是追着我们许多人，而布列克·威尔斯不是……"

　　"噢，你想干吗?"巴西尔不顾一切地大叫。

"贝肯博士要找你。他们派我来找你，有人说你或许会溜到这里来。"

巴西尔将信扔进他的口袋里，然后走了出去——小男孩带着恶言漫骂着跟在他后头穿过了门。他经过一条长走廊，那里闷热且带着一股气味，最贴切的形容是腐败焦糖的味道，而这是男校如此独特的地方。他走下楼梯，然后敲了敲一道普通但却令人敬畏的门。

贝肯博士坐在他的书桌前。他是个五十岁，英俊、急躁的英国国教传教士，他原本对男孩的真正兴趣，现在已经被激动不安的愤世嫉俗情结所调和，这是所有中小学校长的命运，而且就像木霉菌般附在他们身上。经过一些开场白后，巴西尔才被要求坐下——他不得不从不知名处以一条黑色绳子将金边眼镜抬起，然后定睛在巴西尔身上，以确定他不是冒名顶替者。他只好将桌上的一大堆文件推开，并没有在寻找什么东西，但却像个焦急地洗着一副牌的人。

"我有一封你母亲今早寄来的信……啊……巴西尔。"直呼他的名字让巴西尔感到惊愕。学校里的人除了叫他臭屁鬼或李之外，还没有人这么称呼他。"她认为你的成绩太糟糕了。我相信你是做出了一些……啊……牺牲，才被送来这里的，而且她希望……"

巴西尔的思绪因羞耻而翻搅不已，并不是因为他糟糕的成绩，而是因为他的家境贫困被如此坦率地叙述出来。他知道他是这所富有男校里最贫穷的男孩之一。

或许是贝肯博士某种蛰伏的敏感让他意识到他的不自在，他再次将文件弄混，然后开始说起另一件事。

"然而，这并不是今天下午我叫你过来的原因。你上个礼拜申请礼拜六到纽约听日间音乐会的许可。戴维斯先生告诉我，这几乎是开学以来的第一次，你的禁足即将在明天解除。"

"是的，先生。"

"这并不是良好的记录。然而，如果能够安排妥当的话，我会准你去纽约。不幸的是，这个礼拜六没有老师有空。"

巴西尔的嘴巴微微向下掉。"为什么，我……为什么，贝肯博士，我知道有两伙人要去。我不能和他们的其中一一起去吗？"

贝肯博士非常迅速地浏览他所有的文件。"不幸地，有一队是由一位稍微年长的男孩所组成，而另一队则是几周前就已做好了安排。"

"那要和唐先生一起去看贵格女孩的那一团呢？"

"那就是我说的那一伙人。他们觉得安排已经很完善，而且他们买了连在一起的座位。"

突然间，巴西尔明白了。看了他的眼睛一眼，贝肯博士匆忙地继续说。

"或许我能做一件事。当然，团体里必定有好几个男孩，因此老师的费用可以和所有人分开。如果你能找到其他两名男孩愿意和你组成一队，并在五点钟之前把他们的名字给我，我就派卢尼先生跟你们一起去。"

"谢谢你。"巴西尔说。

贝肯博士犹豫不决。在多年愤世嫉俗的坚硬外表下，一种本能鼓动他去调查这名男孩的奇特案例，并找出让他成为学校里最令人讨厌的男孩的原因。在男孩和老师当中，似乎对他存在着惊人的敌意，尽管贝肯博士处理过不少种类的男学生犯罪，但不管是他本身，还是透过值得信赖的六年级学生的帮助，他都无法触及根本的原因。大概不是单一的事件，而是由许多事情的结合所造成，而且最有可能是那些难以明了的个性问题。然而，他记得当他第一次见到巴西尔时，他觉得他异常讨人喜欢。

他叹了口气。有时这些事情会自行找到出路。他并不是那种会笨拙地横冲直撞的人。"让我们在下个月送更好的成绩单回家吧，巴西尔。"

"好的，先生。"

巴西尔快速地跑下楼，冲进了交谊厅里。今天是礼拜三，大部分的男孩都已经进入伊斯特切斯特村里，但仍在禁足中的巴西尔却没有办法跟着去。当他看着仍散布在撞球桌和钢琴旁的人时，他发觉很难找到任何人来陪伴他。因为巴西尔相当清楚，他是学校里最不受欢迎的男孩。

这几乎立刻就开始了。某一天，他才来不到两个星期，就有一群较小的男孩，或许是被逼着这么做的，突然聚集在他身旁，然后开始唤他臭屁鬼。两个礼拜内他就打了两次架，而且在这两次里，男孩们都激烈地为另一名男孩帮腔。之后不久，当他只是像其他人一样，被随意地推进餐厅时，足球队队长卡文转过来，从后面抓住他的脖子，就这么无礼地狠狠训斥他。他天真地加入了在钢琴旁边的那群人，但却被说："继续走到旁边去吧。我们不想要你在这里。"

过了一个月，他开始理解自己是彻底地不受欢迎。这令他感到震惊。某日，在一个特别苦涩的羞辱后，他上楼走进自己的房间，哭了。有一阵子，他试图让自己不受影响，但并没有帮助。他被指控偷偷溜到这里和那里，仿佛他喜好干一堆不法的勾当。感到困惑且悲惨的他，从镜子里看着自己的脸，试图找出令他们不喜欢的秘密——从他眼睛、他微笑的神情中寻找。

他现在发现，在某种程度上，他从一开始就犯了错——他曾经吹嘘过，曾经在玩足球时被认为很懦弱，他曾经指出别人的错误，他曾经在班上卖弄他格外丰富的常识。但他试着做得更好，却无法理解为何无法弥补他的失败。一定是太晚了。他永远被打入冷宫了。

他确实成了替罪羔羊、当前的恶棍，就像是吸收了外面所有恶意和怒气的海绵一样——就像是一个团体中最受到惊吓的人，似乎吸收了其他人所有的恐惧，似乎畏惧他们所有人。事实对他的情况并没有帮助，但大家有目共睹的是，他九月时来到圣瑞吉的无比自信已经彻底被摧毁殆尽。男孩们辱骂他而不会受到处罚，而这些人在几个月之前根本不敢抬高音量。

这次的纽约之行对他来说意义重大——可以停止他每日的悲惨生活，而且还能一窥他向往已久的罗曼史天堂。但这却因他的过失而一周周延后——例如，他不断被抓到在熄灯后阅读，他的悲惨处境驱使他以这样的替代性方式逃离现实——这加深了他的渴望，直到它成为熊熊燃烧的饥饿感。无法成行令他难以忍受，于是他清点了可能会陪他一起去的短小名单。可能的人选包括胖子贾斯帕、崔德威和"小虫"布朗。他到他们房里迅速地转了一下，得知他们都利用礼拜三的许可，下午到伊斯特切斯特去了。

巴西尔没有犹豫。他到五点前还有时间，而他唯一的机会就是去追他们。这不是他第一次破坏禁足的规定了，虽然上一次的尝试是以一场灾难结束，而且还延长了他被禁闭的期限。他在房间里穿上厚重的毛衣——一件违背他意图的外套大衣——取代了他上面的夹克，并在他后面的口袋藏了一顶帽子。然后他走下楼，带着一个精心制作但却自然的哨子开始越过草坪，抵达体育馆。一到那里，他站了一会儿，仿佛往窗子里张望，首先是靠近步道的人，然后是靠近建筑物角落的人。他从那里快速地移动，但又不是非常快，进入了一丛紫丁香的花丛里。接着，他冲到角落附近，走下一大段从窗户里所看不见的草坪，切断金属篱笆的线段，缓缓爬了过去，然后站在邻近产物的地面上。在这一刻，他是自由的。他戴上他的帽子，迎着十一月的寒风，开始走上通往城里的半英里路。

伊斯特切斯特是个荒僻的农业区，有着小型的鞋子工厂。取悦那些工厂工人的机构正是那些男孩所光顾的地方——电影院、有轮子的快餐车，后者知名得像是狗儿和波士顿糖果厨房。巴西尔先试着到狗儿找找看，结果立刻碰上了有希望的候选人。

那就是"小虫"布朗，一名歇斯底里的男孩，他经常发作，而且是大家避之唯恐不及的对象。多年后，他成了一名出色的律师，但在那个时候，他被圣瑞吉的男孩们视为典型的疯子，就因为他为了缓和他终日的紧张所发出一堆独特的声音。

　　他结交比自己年轻的男孩当朋友，他们对比自己年长的人没有成见。当巴西尔进来时，他们正成群结队地在一块儿。

　　"谁噎！"他喊道。"噎……噎……噎！"他把手放在嘴巴上，然后迅速地在嘴上弹跳，发出"哇哇哇"的声音。"是臭屁李耶！是臭屁李！是臭屁……臭屁……臭屁……臭屁……臭屁李！"

　　"等等，小虫。"巴西尔焦虑地说，一半是担心小虫最终会在他说服他进城里之前发疯。"喂，小虫，听好。不要，小虫……等一下。你可以在礼拜六下午去纽约吗？"

　　"呼……噎……噎！"小虫对着痛苦的巴西尔大叫。"呼……噎……噎！"

　　"老实说，小虫，告诉我，你可以去吗？如果你可以去的话，我们就能一起上去。"

　　"我要去看医生。"小虫说，突然冷静了下来，"他想看看我疯得多严重。"

　　"你可以改天再去看吗？"巴西尔没有幽默感地说。

　　"呼……噎……噎！"小虫大喊。

　　"那么，好吧。"巴西尔匆忙地说，"你在城里看见'胖子'贾斯帕了吗？"

　　小虫已迷失在尖锐的噪音中，不过有人看见了胖子。巴西尔被指引到波士顿糖果厨房。

这是廉价糖果的俗丽天堂。这里飘散着难以消化、令人作呕的气味，而且意图在大人们的掌心形成湿黏的汗。这股味道令人窒息地萦绕在整个邻近地区，然后碰上了就像是强力道德劝说的门。里头，在昆虫的图案下方，就像黑点蕾丝般具体，一排男孩坐在那里吃着香蕉船、枫糖核桃和巧克力棉花糖坚果圣代等口味厚重的晚餐。巴西尔发现胖子贾斯帕坐在一旁的桌子上。

胖子贾斯帕同时是巴西尔最没有把握，但也最急于寻求的对象。他被认为是个好人——事实上，他是如此讨人喜欢，他一直都对巴西尔很有礼貌，而且整个秋天都很客气地对他说话。巴西尔明白他可能对大家都这样，然而还是有可能胖子其实喜欢他，就像人们过去经常表现出的那样，所以他不顾一切地想冒险一试。但这无疑是一种推测，当他靠近那张桌子，而且看见另两名男孩转过来看着他，那种僵硬的表情，巴西尔的希望变小了。

"喂，胖子……"他说，有点迟疑。然后他突然说："我正被禁足，但我跑了出来，因为我必须见你。贝肯博士告诉我，如果我能够找到另外两名男孩一起去的话，我下礼拜六就可以去纽约。我问过小虫布朗，他不能去，然后我想问问你。"

他突然停了下来，感到窘迫万分，并等待着答案。突然间，胖子身旁的两名男孩放声大笑。

"小虫还没那么疯啊！"

胖子贾斯帕犹豫了。他礼拜六没办法去纽约，但通常他会委婉地拒绝。他和巴西尔无冤无仇，而他确实也没有和任何人有过节，但男孩们对于舆论只有些许的抵抗力，而他也受到其他人轻蔑笑声的影响。

"我不想去。"他冷淡地说，"你为什么想来问我？"

然后，半带着羞愧，他发出小小的反对笑声，低头吃他的冰淇淋。

"我只是想问问看。"巴西尔说。

他迅速地转身离开，走到柜台，以一种空洞而不熟悉的声音点了一个草莓圣代。他机械式地吃着，听见后面的桌子偶尔传来耳语和窃笑声。还在恍惚当中，他开始走了出去，没有付他的账单，不过店员把他给叫了回来，他意识到有更多嘲笑的笑声。

有一会儿，他犹豫着是否要回到桌边，看看能不能迎面碰上某个男孩，但他发觉一无所获。他们会说出实话——他已经完了，因为他无法找到任何人一起去纽约。一种无力的愤怒让他握紧拳头，他走出了这家店。

他立刻碰上他第三个可能的人选——崔德威。崔德威今年较晚进入圣瑞吉就读，而且在这个礼拜前被分配到与巴西尔同房。崔德威并未目击他秋天时的耻辱，这件事鼓舞了巴西尔在他面前自然地表现，而且他们的关系始终是……若不能说是亲密，至少也是相安无事。

"嘿，崔德威。"他呼唤着，仍然因在波士顿发生的事而激动不已，"你礼拜六下午能上纽约去看表演吗？"

他停了下来，发觉崔德威有布列克·威尔斯作陪，那是一个曾和他打过架，而且和他有着深仇大恨的敌人之一。巴西尔先后注视着他们两人，看见崔德威脸上露出了不耐烦的神情，而布列克·威尔斯的表情则有点恍惚，他明白必定发生了什么事。试着适应学校生活的崔德威，刚刚受到启发，明白了他室友的地位。就像胖子贾斯帕一样，他不是为自己符合如此亲密请求的资格而心怀感激，而是中止了他们友善的关系。

"你这辈子想都别想。"他简短地说，"再见。"这两人走过他身旁，进入了糖果厨房。

倘若这些轻蔑，这些因缺乏热情而令人痛苦万分的轻蔑在九月时报应在巴西尔身上，它们应该会让人承受不住的。然而从那时开始，他已经演化出坚硬的外壳，尽管这并没有增添他的吸引力，但却为他免除了某些细腻的折磨。在已经够悲惨、绝望和自怜的情况下，他走在另一条有点距离的街道上，直到他能够控制他脸上激烈的扭曲为止。然后，选择了一条迂回的路，他开始走回学校。

他走到学校附近的私人土地，正意图沿着他来时的路回去。在他钻过树篱的中途，他听见有脚步声沿着人行道走了过来，于是他站着不动，生怕接近的是老师们。他们的声音越来越近，也越来越响亮，在他认出声音之前，他已经惊骇地听得入神：

"……所以，在他试过小虫布朗后，这可怜虫问胖子贾斯帕能不能陪他去，结果胖子说：'你问我干吗？'如果他不能找到任何人跟他一起去的话，是他活该。"

这就是路易斯·克朗姆阴沉但胜利的声音。

三

　　走进他的房间，巴西尔发现有个包裹躺在他的床上。他知道里头是什么东西，而且他已经热切地盼望了好长一段时间，但此时的他是如此的沮丧，他无精打采地打开它。那是一系列八种颜色的哈里森费雪女孩的复制品，"光滑的纸张，没有印刷或广告字样在上面，适合裱框"。

　　图片上的名字是朵拉、玛格丽特、芭贝、露西儿、葛雷琴、萝丝、凯特琳娜和米娜。巴西尔看着她们其中两人——玛格丽特和萝丝，缓缓地将她们撕碎，然后扔进垃圾桶里，因为她们正在玩弄一群小狗中最弱小的一只。其他六人则分别以大头针间隔地钉在房间四周。然后他躺在床上注视着她们。

　　朵拉、露西儿和凯特琳娜是金发女郎；葛雷琴则是一般发色；芭贝和米娜是黑发。过了一会儿，他发现他最常看着朵拉和芭贝，再就是葛雷琴，尽管后者的荷兰式尖顶帽看起来一点也不浪漫，而且排除了神秘的元素。芭贝，在她贴头帽底下那黑色略带紫色的眼神之美，最吸引他的目光，他的眼睛最后落到了她身上。

"芭贝。"他轻声地自言自语，"……美丽的芭贝。"

他的声音听起来是如此的凄凉，而且含意深远，就像留声机里的"薇丽亚之歌"或是"快乐座右铭"般软化了他，他将脸转过去，埋在枕头里啜泣。他握住床边越过他头上的扶手，一边啜泣，一边用力地拉紧，开始断断续续地对自己说——他有多痛恨他们，以及他痛恨谁——他列出了许多人——还有，当他变得高大强壮时，他要如何处置他们。在这之前的一段时间，他总是为了胖子贾斯帕的仁慈而报答他，但如今，他就跟其他人一样。巴西尔就从他开始，毫不留情地用拳头打他，或是当他视若无睹地从他身旁经过并在街上恳求他时，他发出讪笑。

当他听见崔德威进来时，他控制住自己，没有移动或说话。他听见有另一个人走进了房间，然后过了一会儿，他意识到有打开衣柜或桌子抽屉的不寻常声响。巴西尔转过身来，用手臂隐藏他满是泪痕的脸庞。崔德威手上抱了一堆衬衫。

"你在干吗?"巴西尔问。

他的室友冷酷地看着他。"我正要搬去和威尔斯一起住。"他说。

"噢!"

　　崔德威继续打包。他将一个装得满满的手提箱提了出去，然后是另一个，拿下一些三角旗，接着将他的皮箱拖进了大厅。巴西尔看着他把他的盥洗用具包在毛巾里，并对房间里新形成的荒芜做最后的审视，看看是否遗漏了什么东西。

　　"再见。"他对巴西尔说，脸上的表情没有荡起丝毫的涟漪。

　　"再见。"

　　崔德威走了出去。巴西尔再次转过身，用枕头闷住自己。

　　"噢，可怜的芭贝！"他粗声粗气地大叫，"可怜的小芭贝！可怜的小芭贝！"苗条而淘气的芭贝，从墙上搔首弄姿地向下看着他。

四

　　贝肯博士感觉到巴西尔尴尬的处境，而且或许还包括他悲惨的绝境，终究还是安排他去纽约。他会在足球队教练兼历史老师的卢尼先生陪伴下前往。卢尼先生在二十岁时曾在加入警队和到一间小型的新英格兰大学服务之间犹豫了一段时间。事实上，他是个难搞的怪人，而且贝肯博士正打算在圣诞节时摆脱他。卢尼先生对巴西尔轻视起因于后者前一季在足球场上暧昧和不可靠的行为——他同意带他去纽约是基于个人的理由。

　　在火车上，巴西尔温顺地坐在他身旁，他在经过海湾和伊斯特切斯特郡的休耕地时，瞥了一眼前任教练卢尼先生笨重的身躯。卢尼先生看完他的报纸，将报纸折起来，然后陷入阴晴不定的沉默中。他已经吃了一大份的早餐，而且时间的紧急不允许他通过运动来消耗它。他记得巴西尔是个非常嫩的男孩，而且曾经做过非常嫩的事可以为他说明。这无可非议的沉默惹恼了他。

"李。"他突然说，几乎没有佯装出友善的兴趣，"你为什么不去了解你自己？"

"什么？先生。"巴西尔从他今早兴奋的梦境中惊醒。

"我说你为什么不去了解你自己？"卢尼先生以略带狂暴的口吻说，"你打算在这里的时间里永远当学校的笑柄吗？"

"不，我不想。"巴西尔感到心寒。这一切难道就不能放过我一天吗？

"你不该一直都这么嫩。在上历史课时，我有无数次可以扭断你的脖子。"巴西尔想不到适当的回答。"然后，出来踢足球……"卢尼先生继续说，"你又一点胆量也没有。只要你愿意，你可以玩得比他们许多人都还要好，就像那天对抗康乃迪克二队，你却失去了你的勇气。"

"我不该尝试第二队的。"巴西尔说，"我太轻了，我应该待在第三队的。"

"你太懦弱了，这就是问题的所在。你应该了解自己。在课堂上，你总是心不在焉。如果你不念书，你永远也别想上大学。"

"我是五年级里年纪最轻的男孩。"巴西尔轻率地说。

"你以为你很聪明，不是吗？"他火冒三丈地注视着巴西尔。然后，他似乎发生了什么事，改变了他的态度，结果他们在沉默中僵持许久。当火车开始驶过靠近纽约的密密麻麻的社区时，他再度以较温和的声音，以及考虑了这件事良久的态度说：

"李，这次我要信任你。"

"是的，先生。"

"你去吃点午餐，然后接着去看你的表演。我有些自己的事要办，我办完事后会想办法去看表演。如果我来不及，我无论如何都会在外面等你。"巴西尔的心雀跃不已。"是的，先生。"

"我不希望你在学校提起这件事……我的意思是，我去办自己事情的这件事。"

"不会的，先生。"

"我们来看看你是否能闭上你的嘴巴这么一次。"他打趣地说。接着他以一种严厉的道德口吻补充说道，"而且别喝酒，懂吗？"

"噢，不会的，先生。"这样的想法令巴西尔震惊。他从未尝过一滴酒，甚至没考虑过这样的可能性，除了在他的咖啡美梦里触碰不到且不含酒精的香槟以外。

在卢尼先生劝告下，他到靠近车站的曼哈顿饭店去用午餐。他点了一份总汇三明治、薯条和巧克力芭菲[1]。他用眼角瞄瞄隔壁桌漠不关心、文雅、厌倦享乐的纽约人，同时以这些他可能

---

[1] parfait，类似圣代的甜点。

来自中西部的同胞什么也没错过的浪漫幻想包围着他们。学校就像从他身上落下的重担，那不过只是受人忽视的喧闹，变得微弱而且离得越来越远。他甚至延误了打开今早寄来的信件的时间，他发现信在他口袋里，因为这封信寄到了学校给他。

他还想再来一盒巧克力芭菲，但却不愿再打扰忙碌的服务生，于是他打开信件，并在自己面前展开。这是他母亲捎来的信：

亲爱的巴西尔：

这封信是在极为仓促的情况中写下的，因为我不想用电报吓坏你。祖父即将到国外的疗养地饮用矿泉水，他希望你和我一块去。我们的想法是这样，今年剩下的时间你就到格勒诺布尔或蒙特勒的学校去学习语言，而我们会就近照顾你。也就是说，如果你愿意的话，我知道你有多么喜欢圣瑞吉以及踢足球和打篮球，当然这是没有办法取代的。但另一方面，这会是一个好的转变，即使这可能会延后你进耶鲁的时间而让你多花上一年。因此，一如往常地，我希望你去做你喜欢的事。我们几乎会在你接到这封信的同时离开

家里，并前往纽约的华尔道夫，即使你决定留下，你
仍然可以来这里见我们，并待上几天。仔细考虑一下
吧，亲爱的。

> 将爱意献给我最亲爱的儿子
>
> 母亲笔

巴西尔从他的椅子上起身，同时怀着走到华尔道夫，将自
己安全地藏好直到母亲到来的模糊概念。接着，他忍不住做出
某个手势，他提高音量，并以他的第一个低音音符洪亮而不保
持缄默地呼唤服务生。去你的圣瑞吉了！去你的圣瑞吉！他几
乎幸福到喘不过气来。

"噢，天哪！"他对着自己大叫，"噢，天哪！噢，天哪！噢，
天哪！"再也没有贝肯博士、卢尼先生、布列克·威尔斯和胖子
贾斯帕了。再也没有小虫布朗、禁足，而且也不会再被叫作臭
屁鬼了。他不再需要恨他们，因为他们是他正要逃离的那个滞
留世界的虚弱黑影，他要逃离过去，向他们挥手道别。"再见！"
他为他们感到可怜。"再见！"

第四十二街的喧嚣要他从其伤感的喜悦中清醒过来。他的

手摆在钱包上防备着无所不在的扒手，他小心翼翼地向百老汇移动。多么美好的一天！他要告诉卢尼先生——哎呀，他根本没有必要回去！还是说他或许最好回去，让他们知道当他们继续待在阴郁、沉闷的学校周遭时，他即将要做些什么。

他找到了剧院，进入了日间音乐会带有女性娇柔气氛的大厅里。当他拿出他的票时，他的目光被几步之遥的一个鲜明轮廓所吸引。那是一个年约二十岁，体格健美的金发青年，有着结实的下巴和直率的灰色眼睛。巴西尔的脑袋拼命地转动了一会儿，然后终于停在一个名字上——那不只是一个名字——而是一个传奇、天空中的星宿。多么美好的一天啊！他过去从未见过这名年轻人，但从无数的照片中，他知道毫无疑问地他就是耶鲁大学足球队队长泰德·菲，去年秋天几乎是他单枪匹马地击败了哈佛和普林斯顿。巴西尔感到一种剧烈的疼痛。那轮廓转身离去，人群陆陆续续地出现，英雄就这么消失了。但巴西尔会知道，接下来的几个小时，泰德·菲也在这里。

在剧院里充满沙沙声、低语声和芳香的黑暗中，他读着节目表。这就是所有表演中他所要看的那场，而且直到帘幕真的升起之前，节目表本身还是个令人好奇的圣物——这件事本身的模范。不过当帘幕升起时，它便成了被漫不经心扔在地上的废纸。

第一幕：邻近纽约的小镇绿地

这一切欢快、目眩得令人难以立即理解，而且发生得太快，让巴西尔从一开始便觉得自己已经错过了一些事物。当他母亲到来时，他会要她再把他带走……下一周……或是明天。

一小时过去了。这时是非常令人感伤的时刻——一种快活的伤感，但依旧是伤感。这个女孩……那个男人。此时此刻是什么拆散了他们？噢，这些悲剧性的错误和误会。如此令人心碎。他们难道不能看着彼此的眼睛，然后从中明白一切吗？

在一大片灯光和声响中，决心、期待和迫近的危机下，这一幕结束了。

他走了出去。他看见泰德·菲，以为见到他情绪不定地靠在剧院后头的绒毛墙上，但他无法确定。他买烟并点了一根，不过正在幻想吐出第一口烟时，他听见音乐声响起，于是他回头冲了进去。

第二幕：亚斯特饭店大厅

没错，她确实像一首歌一样，是"夜里动人的玫瑰"。华尔兹舞曲鼓舞了她，令她流露出心痛之美，然后让她从最后的酒吧回到现实生活中，就像叶子从空中向地面倾斜一样。这就是纽约的奢华生活！当门的开关将她引导到舞厅时，若她完全陶醉在其中的闪耀，消失在琥珀色窗缘的明亮早晨中，或是隐身于遥远而迷人的音乐声中，又有谁能责怪她呢？她可是这个小镇的大红人。

半小时过去了。她的真爱为她带来和她一样美丽的玫瑰，她轻蔑地将它们扔在脚下。她笑了，然后转身去跟别人跳舞——疯狂、狂乱地舞着。等等！薄型喇叭中的优美高音，大型弦乐器传来的低曲线音符。剧烈的、心痛的强大情绪再度势不可当地袭向舞台，就像随风飘零的无助树叶再度引起她的注意：

"玫瑰……玫瑰……夜晚的玫瑰，
皎洁的春月更衬托出你的娇美……"

数分钟后，巴西尔感到异常的震撼和兴奋，并随着人群向外漂移。首先映入他眼帘的，是他几乎快遗忘，而且变得有点奇怪的卢尼先生的可怕身影。

事实上，卢尼先生变得有点崩溃。首先，他戴着一顶和中午离开巴西尔时不同且小得多的帽子。再来，他的脸失去了略为粗俗的神态，变为纯净，甚至是娇弱的白。而且他还打着领带，在他无法解释的湿漉漉的外套大衣外面，甚至披了几件衬衫。在四小时的时间里，卢尼先生之所以会把自己搞成这副德性，只能解释成男校限制了他旺盛的户外精力之压力所致。卢尼先生生来便在天堂的净光下艰难地行进，或许是隐约有这样的自觉，他便朝着他无可避免的命运前进。

"李。"他含糊地说，"你应该要了解自己。我要让你了解自己。"

为了避免得在大厅里"了解自己"这种不祥的可能性，巴西尔不安地转移了话题。

"您不来看表演吗？"他问，同时暗示在任何情况下都能去看表演，来讨好卢尼先生，"这是一场很棒的表演。"

卢尼先生脱下他的帽子，露出湿淋淋且纠缠在一块的头发。现实的景象立即在他脑后盘旋了起来。

"我们必须回学校。"他以一种阴沉但不是很坚决的口吻说。

"可是还有一幕耶。"巴西尔在恐惧中表达抗议，"我必须留下来看最后一幕。"

卢尼先生的内心摇摆不定，他看着巴西尔，隐约明白自己已经落入这名男孩的掌心。

"好吧。"他答应了，"我要去找点东西吃。我会在隔壁等你。"

他突然转身，蹒跚地走了好几步，然后摇摇晃晃地拐进了剧院隔壁的酒吧里。相当震惊的巴西尔回到里头。

第三幕：凡亚斯特先生家的屋顶花园

夜

半小时过去了。一切终究进行得很顺利。喜剧演员正在卖力演出，适当地让人在热泪盈眶后开心地发笑，并从热带的晴空中透露出幸福的预兆。在哀怨动人的二重奏下，漫长且无与伦比美妙的时刻突然结束了。

巴西尔走进大厅，并在人群散去时站着思索。他母亲的信和表演都除去了他心中的苦楚和怨恨——他找回了原本的自己，而且想做正确的事。他不知道让卢尼先生回到学校是否恰当。他走向酒吧，并在抵达时放慢了脚步。他小心翼翼地打开回转门，匆匆向里头望了一眼。他只见到坐在酒吧里喝酒的不止卢尼先生一人。他在街上走了一小段路，然后回去再试一次。他仿佛将门看作是会咬他的牙齿，因为他有着中西部男孩对酒吧怀有的旧式恐惧。第三次他成功了。卢尼先生在房间后面的一张桌上陷入深深的熟睡。

巴西尔再度在外面走来走去，同时思忖着。他会给卢尼先生半个小时，如果到时他还没醒来，他就回学校。毕竟从足球球季开始以来，卢尼先生就一直让他坐冷板凳——巴西尔只是懒得再问这整件事而已，就像再过一天左右，他就可以从学校中抽身一样。

他来回掉头数次，当他往上看见剧院旁的一条小路时，一个写着"舞台入口"的招牌吸引了他的目光。他可以看见演员从里头出现。

他等待着。女人们从他身旁穿梭，但那是在荣耀日之前的岁月，而他将这些邋遢的人视为戏服管理员之类的。突然间，一名女孩和一名男人一起走了出来，巴西尔转身朝街上跑了几步，仿佛担心他们会认出他来——然后又跑了回去，像心脏病发作似的喘着气——因为那名闪耀动人的十九岁女孩是"她"，而她身边的年轻人则是泰德·菲。

他们手挽着手从他身旁走过，巴西尔无法抗拒地跟随在后。当他们行走时，她倚靠着泰德·菲，两人流露出亲密的醉人神情。他们越过百老汇，然后转进了克尼巴克饭店。跟在他们身后二十英尺处的巴西尔，正好见到他们进入一间为下午茶所准备的长型房间。他们坐在一张两人座的桌子，对服务生说着模糊不清的话，然后终于在独处时热切地靠着彼此。巴西尔见到泰德·菲握着她戴手套的手。

饮茶厅与主要的通道之间只以冷杉盆栽做成的围篱隔开。巴西尔沿着走道，走到一个几乎靠着他们桌子的会客厅，然后坐了下来。

她的声音低沉而颤抖，没有戏剧中那么坚定，而且非常难过地说："我当然有，泰德。"有好长一段时间，随着他们对话的持续，她不断重复"我当然有"或是"可是我有，泰德"。泰德·菲的话语低到巴西尔根本听不见。

"……说是下个月，而且他不会再延期了……在某种程度上我尽力了，泰德。这很难解释，但他为我和母亲做尽一切……我没有必要开玩笑。这是傻瓜也懂的部分，而且他可以立即把这些交给任何女孩……他一直都非常体贴。他已经为我做尽了一切。"

巴西尔的耳朵因他澎湃的情感而变尖了，现在他也能听见泰德·菲的声音：

"而你说你爱我。"

"但你不明白吗，我一年多前就已经答应嫁给他。"

"告诉他实话……说你爱的是我。要他放你走。"

"这并不是音乐剧，泰德。"

"这是场出色的音乐剧。"他苦涩地说。

"我很抱歉，亲爱的泰德宝贝，但你再这样下去会让我发疯的。你让我好为难。"

"总之，我要离开纽哈芬市。"

"不，你不会走的。你今年春天要留下来打棒球。嘿，你是所有男孩的理想典范！嘿，如果你……"

他立刻笑了，"你还真适合跟我谈典范。"

"为什么不？我正在负起我对巴兹蒙的责任。你必须像我一样下定决心——我们是无法拥有彼此的。"

"洁芮！想清楚你自己在做什么！在我这一生之中，每当听见华尔兹时……"

巴西尔迈出步伐，开始在走廊上狂奔，穿过了大厅，然后走出饭店。他正处于杂乱的情感困惑状态。他并不完全明白他所听见的事，但从他对两人隐私的秘密窥探，以及拜两人所赐，他的短暂体验所能想象的整个世界看来，他已经了解人生对每个人来说都是一种挣扎，有时从远处看来相当宏大，但总是非常困难，而且惊人的简单，并带点哀伤。

他们会继续谈下去。泰德·菲会回到耶鲁，将她的照片放在他的书桌抽屉里，并在今年春天敲出满贯全垒打——八点半，幕会升起，而她会想念离开她生命的某种温暖而青春的东西，某种她今天下午曾经拥有的东西。

外面天色已暗，百老汇就像炽烈的森林大火，巴西尔缓缓走向最亮的光点。他带着模糊的赞同感和着迷，抬头仰望闪烁的大相交平面。他现在会仔细地看着它，将他烦躁不安的心，寄托在这国家更无止息的状态中——每当他离开学校时，他就会来这里。

但这一切都将改变——他即将前往欧洲。突然间，巴西尔明白他不会去欧洲了。他无法摆脱自身命运的浇铸成形，只能缓和几个月的痛楚。征服接连的学校世界、大学和纽约——哎呀，这是他从少年时代到青少年时期便一直怀有的真正梦想，结果因为一些男孩的戏弄，他即将放弃这个梦想，可耻地被逼到了绝路！他激烈地打着哆嗦，就像是从水中爬出的狗儿，同时，他想起了卢尼先生。

　　过了一会儿，他走进酒吧，经过酒保疑惑的眼神，来到卢尼先生仍深深熟睡的桌前。巴西尔先是轻轻地摇他，然后坚决地摇他。卢尼先生被唤醒，然后察觉到巴西尔的存在。

　　"了解自己。"他昏昏沉沉地低语着，"去了解你自己，而且让我一个人独处。"

　　"我已经了解自己了。"巴西尔说，"老实说，我了解自己，卢尼先生。你必须跟我一起到厕所梳洗，然后你可以到火车上再睡，卢尼先生。来吧，卢尼先生，拜托……"

五

这是一段漫长而难熬的日子。巴西尔十二月再度被禁足，直到三月才重获自由。纵容的母亲没有养成他努力的习惯，这几乎是超越一切的力量，但人生本身就是补救的良方，他一再重新开始、失败，然后再重新来过。

圣诞节过后，他和一位名叫梅普伍德的新男孩成为朋友，但他们发生了一场愚蠢的争执，而经过了整个冬季学期，当男校随之关闭时，天生的野性只有部分随着室内运动缓和下来，巴西尔实际和虚构的过失都受到了制止并大大地受到忽略，而且他非常孤独。不过另一方面，还有泰德·菲和留声机里的"夜玫瑰"——"在我这一生之中，每当听见华尔兹时……"——还有记忆中纽约的灯光，并思及他即将在明年秋天的足球赛里的作为，以及耶鲁的迷人形象和春天散布在空中的希望。

胖子贾斯帕和一些其他的男孩现在对他很友善。有一次当他和胖子贾斯帕偶然从市区一起走路回家时，他们谈论了女演员许久——巴西尔很明白，他不能指望往后还会有这样的谈话。

较小的男孩们突然决定认同他，嫌恶他至今的老师某天将手搭在他的肩膀上，和他一起走路去上课。九月会有新生进来，明年他就会有全新的开始。

二月的某个下午，在打篮球时，发生了一件很棒的事。他和布列克·威尔斯都是二军的前锋，而在激烈的混战当中，体育馆回荡着刺耳的拍击接触声和尖叫声。

"这里啊！"

"比尔！比尔！"

巴西尔将球运到场上，布列克·威尔斯没有人防守，呼喊着传球给他。

"这里啊！李！嘿！小李！"

小李！

巴西尔脸红了，做了一个蹩脚的传球。他一直被人以绰号称呼。这是个拙劣的替代名称，但总比他毫无掩饰的别名或受嘲弄的名词要好得多。布列克·威尔斯继续打球，没有意识到他做了什么特别的事，或是促成了某个事件，使得另一个男孩免于遭受尖酸、自私、神经衰弱和不快乐的大军袭击。我们向来没有意识到，在这些人们卸下心防的珍贵时刻里，轻微的碰触可以令人难堪，也能疗愈人心。一旦为时已晚，我们便再也无法在这世上与他们接触。即便是我们最有效的药，也无法治愈被我们最尖锐利剑所伤害的人心。

　　小李！他几乎就要脱口而出。但巴西尔让这个称呼在当晚伴随他入梦，愉快地想着，在脑海中萦绕不去，直到最后，他轻易地睡着了。

婚宴

一

　一张和往常一样缺乏诚意的小字条写道："我希望你是第一个知道的。"这对麦可而言是双重震撼，因为正如这张字条所做的一样，它宣告着订婚和即将到来的婚姻。此外，这次订婚并不打算在纽约体面而遥远地举行，而是在这里，就在他鼻子底下的巴黎举行，也就是在第五乔治大道的三位一体圣公会举行。日子就定在两周后，六月初的时候。

　起初，麦可非常害怕，腹部感到一阵空虚。那天早晨当他离开旅馆时，爱上他精致鲜明的轮廓以及他轻松愉悦心情的女服务员察觉到他明显的心不在焉。他在恍惚中走向他的银行，他在希沃利路的史密斯之家买了本推理小说。他怜悯地盯着观光局窗户里一连串逐渐淡去的混乱景象一段时间，然后咒骂一名希腊小贩。后者带着一批无害的明信片跟着他，但露出一半的明信片肯定非常脏。

　但恐惧仍然如影随形，而且过了一会儿，他认清他的恐惧来自于从现在起，他再也快乐不起来。他在卡洛琳·丹迪十七岁时遇见她，在她最早活跃于纽约的整个时期占有她年轻的心，然后又缓慢地、悲惨地、徒劳地失去了她，因为他没有钱，也无以维生；因为即使用尽全世界所有的力气和善意，他也无法找到自我；因为，仍然爱着他的卡洛琳已失去了信念，开始将他视为在她所必然走向的伟大、绚丽的生命之流中，所无法见容的可悲、没有出息，且寒酸的东西。

既然他唯一的支柱就是她爱他，他便虚弱地倚靠着它，尽管这支柱断裂了，他仍紧握着不放，并来到了海边，在法国的海岸上洗涤仍残留在他手上的碎片。他以照片、一捆信件等形式，以及对一首叫作《在我的纪念品中》的伤感流行歌的喜爱，将这些碎片带在身边。他避开其他女孩，仿佛卡洛琳会在某种方式下得知，并以忠贞的心加以回报。然而，她的字条却通知他，他已经永远失去她。

那是个美好的早晨。在卡斯蒂格利昂路的店面前，业主和老板们从人行道仰望着齐柏林伯爵号，耀眼壮观的飞船，是脱逃和破坏的象征——如果有必要从破坏中脱逃的话，它在巴黎的天空中滑行。他听见一名女人用法语说着，若炸弹开始掉落，她也不会感到惊讶。然后他听见另一个声音，那是充满嘶哑的笑声，他腹部的空虚冻结了。猛一回头，他正面迎上了卡洛琳·丹迪和她的未婚夫。

"哎呀，麦可！哎呀，我们正在想你到底在哪里。我问过担保信托公司、摩根大通，最近还寄了张字条到花旗银行……"

为什么他们不退回去？为什么他们不退回去，沿着卡斯蒂格利昂路走回去，穿过杜乐丽花园，然后尽可能快速地消失在河岸的另一端？

"这是汉米尔顿·卢弗，我的未婚夫。"

"我们以前见过。"

"在帕特的店，不是吗？"

"还有去年春天在丽池酒吧。"

"麦可，这段时间你住在哪里？"

"就在这附近。"他内心感到无比煎熬。汉米尔顿·卢弗先前的概况闪过他眼前，以一系列快速的影像和句子呈现。他记得听说过他在一九二〇年时以借来的十二万五千元在交易所买下一席会员，然后就在股票崩盘之前以超过五十万的金额卖出。他并不如麦可英俊，但极具魅力，自信、可靠，而且身高正好高过卡洛琳——在跳舞时，麦可对卡洛琳而言总是太矮。

卢弗说："不，我非常希望你能来参加告别单身派对。从九点开始，我会将丽池酒吧整个包下来。然后就在婚礼过后，第五乔治饭店会有招待会和早餐。"

"还有，麦可，乔治·派克蒙后天要在维多克家举行宴会，我希望你务必要前来。还有，礼拜五到婕比·韦斯特家喝茶，假如她知道你在哪里的话，她会希望你参加。你住哪一家饭店？这样我们才能将邀请函寄给你。你知道吗，我们决定在这里举办的理由是因为我母亲生病了，就待在这里的疗养院，而且整个家族的人都在巴黎。然后汉米尔顿的母亲也来到了这里……"

整个家族的人，除了她的母亲以外，他们一直很讨厌他。他们总是阻挠他的求爱。他在这场家庭和金钱的游戏中，是一枚多么小的筹码！他一切的不幸只值得如此多的邀请，在他的帽子底下，他的额头因屈辱而冒汗。他开始发狂似的咕哝着某些像是"走开"之类的字句。

然后，事情发生了——卡洛琳看到了他的内心深处，麦可知道她看见了。她看穿了他严重受创的心灵，有某样东西在她心中颤抖，然而却逐渐消失在她的唇形和她的眼中。他打动了她。所有初恋难忘的冲动再度涌现。他们的心在某种程度上跨越了两英尺的巴黎日光。她突然间挽着她未婚夫的手，似乎是为了镇定自己的情绪。

他们告别了。麦可疾走了一会儿，接着他停了下来，假装是在看窗户，然后看着他们在街道上越走越远，很快地走进了熙熙攘攘的凡登广场里。

他也有事情要做——他必须去拿他洗好的衣服。

"一切再也无法回到过去了。"他对自己说，"她在她的婚姻生活中永远无法幸福，而我则再也无法快乐起来。"

他对卡洛琳两年强烈的爱，就像爱因斯坦物理学中的时光一样开始倒流。难以忍受的回忆苏醒——在长岛月光下的兜风，在普莱西德湖的快乐时光，她的脸颊在那里是如此寒冷，但在表面之下却是暖的；当他们的婚姻似乎无望时，在过去难过的几个月里，在第四十八街小咖啡馆里绝望的下午。

"进来。"他大声说。

服务员带着电报进来，表现并不十分亲切，因为克里先生的衣服略显寒酸。克里先生几乎没给什么小费，克里先生显然只是名吝啬的小客人。

麦可读着电报。

"您是否要回复呢？"服务员问。

"不用。"麦可说，然后一时冲动地说，"瞧。"

"太糟糕了……太糟糕了。"服务员说，"您的祖父过世了。"

"没那么糟。"麦可说，"那表示我继承了二十五万美元。"

仅仅一个月的时间实在来不及。在听到这个消息的首度兴奋过后，他的悲惨更加深了。那天晚上，他躺在床上睡不着，无止境地听着马戏团的大型车队在街上，由巴黎的一个集市移动到另一个集市。

当最后一辆货车辘辘地驶离直到听不见，家具的棱角因晨曦而变成淡蓝色时，他仍想着卡洛琳那天早上的眼神——她的神情仿佛在说："噢，为什么你不能想想办法？为什么你不够坚强，好让我能嫁给你？你看不出我有多难过吗？"

麦可握紧了拳头。

"好吧，我会坚持到最后一刻。"他低声说，"我到目前为止已经够倒霉的了，或许最后能扭转形势。一个人能得到什么，取决于他力量的极限。就算我无法拥有她，至少在她走入婚姻时心中有我。"

二

　　因此，他在两天后前往维多克家参加宴会，他上楼进入小客厅里，那里远离为宴会供应鸡尾酒的酒吧。他来得太早了，除了他以外，那里只有一名五十岁的高瘦男子。他们开始交谈。

　　"你是在等乔治·派克蒙的宴会吗?"

　　"是的。我的名字是麦可·克里。"

　　"我的名字是……"

　　麦可没有听清楚他的名字。他们点了饮料，麦可猜想新郎和新娘正玩得开心。

　　"太过头了。"另一人皱着眉头赞同，"我不了解他们怎么能够忍受。我们都一起坐船过来，过了五天疯狂的生活，然后在巴黎待了两个礼拜。你……"他犹豫了，并微微笑着，"……请原谅我这么说，你们这一代的人实在喝太多了。"

　　"卡洛琳不会。"

　　"对，卡洛琳不会。她似乎只要一杯鸡尾酒和一杯香槟，然后那样就够了，谢天谢地。不过汉米尔顿喝太多了，这一群年

90

轻人全都喝过头了。你住在巴黎吗？"

"暂时是的。"麦可说。

"我不喜欢巴黎。我太太……应该说我前妻，就是汉米尔顿的母亲……住在巴黎。"

"你是汉米尔顿·卢弗的父亲？"

"那是我的荣幸。而且我不否认我对他的作为感到骄傲，虽然那只是种很普通的说法。"

"当然。"

当四个人进来时，麦可紧张地向上扫视。他突然觉得他的小礼服很老旧而且磨损了，他那天早上订了一件新的。进来的人都相当富有，而且彼此对自己的富有感到相当自在——包括一位他过去曾经见过、皮肤微黑、带着歇斯底里笑声的女孩，两名自负的男子，总是拿前天晚上的丑闻和今天可能发生的事情来说笑，仿佛他们在无限期向过去和未来延伸的戏剧中扮演着重要的角色。在卡洛琳抵达时，麦可几乎连一刻都没见着她，但已足以注意到，她就和所有人一样紧张而疲倦。她的口红底下没有血色，眼睛下方挂着黑眼圈。轻松中混杂着受伤的虚荣心，他发现自己身处于远离她的另一张桌子旁。他需要一点时间来适应周遭的环境。这并不像是他和卡洛琳所加入的那帮毛头小伙子，这里的男士多半超过三十岁，而且一副享有世上最佳资源的神情。他旁边是他认识的婕比·卫斯特，然后另一边一位快活的男士开始和麦可谈论告别单身派对的噱头：他们打算雇用一名法国女孩，手里抱着一个真的婴儿出现，哭喊着："汉米尔顿，你不能在这时候丢下我！"这样的主意对麦可而言似乎了无新意且无趣，但其原创者却预先笑了起来并摇动不已。

更远的桌上正在谈论股票市场——今天又跌了，这是崩盘以来最惨烈的一次，人们正拿此揶揄着卢弗："太惨了，老兄。你最好还是别结婚的好。"

麦可问他左边的男人："他赔很多吗？"

"没有人知道。他深陷其中，不过他是华尔街最精明的年轻人之一。总之，从没有人会告诉你实话。"

这从一开始便是场香槟晚宴，到了最后，已经到达相当愉快的欢乐气氛，不过麦可发现所有人都因过于疲倦，无法在一般的刺激下感到兴奋。几个礼拜以来，他们在享用美式饮食时喝鸡尾酒，在法式饮食时喝白兰地，德式饮食时喝啤酒，英式饮食时喝威士忌苏打，然而他们已不再是二十几岁的小伙子了，这样荒唐的混杂，就像噩梦中所出现的某杯巨大的鸡尾酒，只是让他们暂时忘却前一晚所犯下的过错。也就是说，这并非真的是一场快活的宴会，只有少数滴酒不沾的人才显示出真正的快活。

但麦可并不累，香槟刺激了他，让他的不幸显得较没那么剧烈。他已经离开纽约八个月以上，他对大部分的舞曲都不熟，不过当《彩绘娃娃》第一个小节的音乐响起时（去年夏天，这首曲子曾带给他与卡洛琳许多快乐与绝望），他来到卡洛琳的桌前向她邀舞。

穿着轻薄飘逸蓝洋装的她显得娇俏动人。一靠近她容易断裂的黄发，以及她冷酷而温柔的灰眼睛，他的身体就变得笨拙而僵硬。他在跨出第一步时，在地板上绊了一跤。一时间，似乎没有什么好说的。他想告诉她关于他继承了一笔遗产的事，不过这样的想法似乎过于鲁莽，令人措手不及。

"麦可，能再和你一起跳舞真好。"

他冷酷地微笑着。

"我真开心你来了。"她接着说，"我本来很担心或许你会糊涂到和我保持距离。现在我们可以只是好朋友，而且自在地相处。麦可，我希望你和汉米尔顿能够喜欢对方。"

订婚让她变得迟钝。他过去从未听她发表过这么一连串肤浅的台词。

"我可以杀了他而不感到内疚。"他和气地说，"不过他看起来是个好人。他很好。而我想知道的是，在像我这样无法忘怀的人身上，到底出了什么问题？"

在他说出这些话时，他无法克制自己的嘴巴会突然间冒出话来。抬头仰望时，卡洛琳明白了，她的心剧烈地颤动，就像那天早上一样。

"你真这么介意吗，麦可？"

"没错。"

当他以一种似乎要赶上他脚步的声音说出这句话的那一刻，他们并没有在跳舞，他们只是依附在一起。然后她和他保持距离，嘴巴荡起一抹可人的微笑。

"起初我不知道该怎么办，麦可。我跟汉米尔顿谈过你——糟糕的是，我非常在意你——不过他并不担心，而他是对的。因为我现在已经放下你了——没错，我放下了。而你会在某个阳光普照的早晨醒来，发现你也同样放下了我。"

他固执地摇摇头。

"噢，你会的。我们并不适合彼此。我非常不稳重，而我需要某个像是汉米尔顿的人来决定事情。这不只是关于……关于……"

"关于钱的问题。"这时他想再度告诉她发生了什么事，但又有个声音告诉他还不是时候。

"那你要怎么解释我们另一天相遇时所发生的事……"他无助地询问，"现在这种情况又该怎么说呢？我们就和往常一样互诉衷情……简直就像一心同体般，有同样的一股血液流过彼此的体内，让我们心意相通。"

"噢，不要。"她恳求他，"你千万别那么说，现在大局已定。我全心全意地爱着汉米尔顿。我只是记得过去的一些事情，而且我为你……为我们……为我们过去的状况感到抱歉。"

越过她的肩膀，麦可看见一名男子走向他们，想打断他们。他在慌乱中将她带开，但那名男子无可避免地跟了上来。

"我必须和你单独见面，即使只有一分钟也行。"麦可迅速地说，"什么时候方便？"

"明天我会去参加婕比·卫斯特家的茶会。"她轻声说，一只手礼貌性地搭在麦可的肩膀上。

但在婕比·卫斯特家的茶会上他并没有和她交谈。卢弗就站在她身旁，而且彼此带着对方参与各式各样的谈话。他们提早离去。隔天早上，第一封送来的信就是喜帖。

然后麦可渐渐变得越来越绝望，在房里来回踱步，决定采取大胆的措施。他写信给汉米尔顿·卢弗，约他在次日下午会面。经过简短的电话联系，卢弗同意了，不过日期改到麦可邀约的后一日。而婚礼只剩下六天了。

他们在珍娜饭店的酒吧里见面。麦可知道自己会说："看看这里，卢弗，你明白在这桩婚姻里你要承担什么样的责任吗？

你明白在说明一名女孩违背她的心意时，你会得到何等麻烦和遗憾的后果吗？"他会说明他和卡洛琳之间的障碍一直以来都是人为的，而且现在已经移除了，并要求在为时已晚之前向卡洛琳说出一切。

卢弗会很生气，可以想见会发生这样的场景，但麦可认为他现在正在为自己的人生而奋战。

他发现卢弗正在和一名较年长的男性谈话，麦可在许多婚宴上看过后者。

"我看过我大多数朋友的遭遇。"卢弗说着，"而我决定那将不会发生在我身上。这并没有那么困难。如果你娶一名有常识的女孩，告诉她什么是什么，然后把你的事做得该死的好，和她之间相敬如宾，这就是婚姻。如果你一开始就忍受任何的胡闹，下场可能就是——五年之内男人就会出走，再不然就是被女孩吃得死死的，然后你就会陷入常见的烂摊子里。"

"没错！"他同伴激动地表示赞同，"汉米尔顿，好家伙，你说得没错。"

麦可的血液渐渐沸腾。

"不知道这会不会让你深受打击，"他冷淡地询问，"你的态度早在一百年前就落伍了。"

"才没有。"卢弗愉快但却不耐烦地说，"我就跟任何人一样时髦。只要能取悦我爱的女孩，就算要我下周六在飞机上和她结婚都行。"

"我并不是说那种方式的时髦。你不能把一个纤细的女人……"

"纤细？女人才没有那么该死的纤细。纤细的是像你这样的家伙，她们剥削的就是像你这样的家伙——剥削你所有的热诚、好意，诸如此类的。她们会去读几本书，看几张照片，因为她们没有别的事好做，然后就会说自己比你有教养，而且为了证明开始为所欲为，最后再直接跟你说再见。这就叫作纤细吗？真是笑死我了。"

"卡洛琳正好就是个纤细的女人。"麦可咬着牙说。

此时另一名男人起身离开。在买单的争执解决后，只留下他们独处。卢弗朝着麦可的方向向后仰，仿佛在回答问题。

"卡洛琳才不仅仅是纤细而已。"他说，"她是很理智的。"

他好战的眼神与麦可的眼神交会，闪烁着灰白色的光芒。"这一切在你听来相当粗俗，克里先生，不过在我看来，现今一般的男人只要被某个女人耍着玩就够了，而那个女人甚至无法从贬低男人中得到任何乐趣。该死的只有极少数的男人管得住他们的妻子，但我就要当那其中之一。"

对麦可来说，现在似乎是时候将话题带回到实际的情况："你了解自己要负起的责任吗？"

"我当然知道。"卢弗打断他的话，"我并不害怕责任。我会做决定……适当地去做，希望如此，但总之会是最后的决定。"

"假如你跨出的是错误的一步呢？"麦可性急地说，"若你们的婚姻并非建立在彼此相爱的基础上呢？"

"我想我明白你的意思。"卢弗说，神情依旧愉悦，"而既然你提起了，要我说的话，如果你和卡洛琳结婚，你们的婚姻将撑不过三年。你知道你们的关系建立在什么之上吗？建立在悲哀之上。你们会对彼此感到抱歉悲哀。虽然对大多数女人和部分男人来说，这会带来许多乐趣，不过对我来说，婚姻还是应当以希望为基础。"他看看手表，然后起身。

"我必须要去见卡洛琳。记得，你后天要来参加告别单身的派对。"

麦可感到时间一分一秒地溜走。"那么卡洛琳个人的感觉对你来说并不重要吗？"他拼命地说。

"卡洛琳现在既疲惫又沮丧。不过她得到她想要的了，而这才是最重要的。"

"你指的是你自己吗？"麦可质疑地询问。

"没错。"

"我可以请教一下吗？她是从多久前开始需要你的？"

"大概两年吧。"不等麦可回应，他就离开了。

接下来的两天，麦可在无助的深渊里摇摆不定。还有什么事没做，而那能够切断他眼下变得越来越紧的结，这样的想法占据他心头。他打电话给卡洛琳，但她坚持说自己不可能抽身与他见面。直到婚礼的前一天，她才答应那天能够暂且与他碰面。然后他就去参加了告别单身派对，一部分原因是害怕要一个人在饭店待上一晚，一部分原因是认为出现在这样的集会上让他多少更接近卡洛琳，可以一直看着她。

丽池酒吧一直在为这样的场合做准备，挂满了法国和美国的旗帜，一幅大型油画覆盖了一整面墙。在这种情况下，宾客反而沉浸于打破杯子的野蛮行为之中。

在酒吧里最早举行的鸡尾酒会上，不少颤抖的手洒溅出些许液体，但在稍后的香槟宴会中就开始笑声不断，而且偶尔还冒出歌声。

麦可惊讶地发现他新的小礼服、新的大礼帽、令人骄傲的新亚麻布对他身价的影响。他已经没有那么怨恨这些富有且有自信的人了。从他离开学校以来，他第一次觉得自己是富有而有自信的；他觉得自己是他们的一分子，而且甚至加入了捣蛋鬼强森的团体，在大厅对面的房间里平静地等候背叛他的女人出现。

"我们不想说得太沉重。"强森说，"因为我猜想汉米已经度过相当焦虑的一天。你知道福曼石油今天早上跌了十六点吗?"

"这会影响到他吗?"麦可问，声音中企图保持着兴趣。

"当然会。他投入了很多。他对任何事物总是大量投入。总之，到一个月前为止他算幸运的了。"

现在杯子满了又空的速度加快，男人们穿越狭窄的桌子嚷着"再来一杯"。一群靠着酒吧的招待员正在被拍照，闪光灯像是令人窒息的云层在房间里涌现。

"现在是时候了。"强森说，"你要站在门边，记得，而我们都要试图阻止她进来……直到我们吸引大家的注意为止。"

他接着走出房间，来到走廊上，而麦可则顺从地在门边等候。好几分钟过去了。这时强森脸上带着古怪的神情出现了。

"发生了件有趣的事。"

"那女孩不在那儿吗?"

"她好好地在那儿，不过又来了一个女人，而我们并没有雇用她。她想见汉米尔顿·卢弗，而且她看来似乎有心事。"

他们走进大厅。一个美国女孩稳稳地坐在门边的椅子上，有一点喝醉，但脸上带着坚决的神情。她抬头看着他们，头抽动了一下。

"怎么样，我能跟他说话吗？"她问。"跟他说我叫玛乔丽·柯林斯，他就会知道的。我长途跋涉来到这里，而且现在只想赶快见他一面，不然事情会变得比你们目前看到的更麻烦。"她摇摇晃晃地站了起来。

"你进去告诉汉米。"强森低声对麦可说，"或许他最好出来一下。我会把她留在这里。"

回到桌旁，麦可凑到卢弗的耳边，以某种严峻的语调轻声说：

"一个叫作玛乔丽·柯林斯的女孩在外面，她说她想见你。她看起来似乎想找麻烦。"

汉米尔顿·卢弗瞪大了眼睛，嘴巴微张。接着他缓缓将双唇靠拢成一直线，以干净利落的声音说：

"请把她留在那里。然后马上帮我把吧台领班找来。"

麦可和酒保交谈，然后没有回到桌旁，安静地要了他的外套和帽子。他再度进入大厅，经过强森和那个女孩身旁，但却没有和他们谈话，接着继续走到康朋街上。叫了辆计程车，他递出卡洛琳饭店的住址。

他现在的位置就在她附近。不是为了带来坏消息，而仅仅是为了当她那用扑克牌所堆起的房子从她头上塌下时，能够陪伴在她身边。

　　卢弗曾经暗示过麦可的软弱——呃，不过他其实算蛮坚强的，只要是在道德的范围之内，他就绝对会尽全力留住自己所爱的女孩。如果卡洛琳对卢弗已经厌烦的话，麦可就会在她身边守候。

　　卡洛琳就在房间内。她在听见他呼唤时感到惊讶，不过即使身上的晚礼服还未换下，她还是马上就下楼与他见面。不久，她穿着礼服出现，手上握着两封蓝色的电报。他们在空无一人的大厅扶手椅上坐下。

　　"不过，麦可，宴会结束了吗？"

　　"我想见你，所以我离开了。"

　　"我好高兴。"她的语气友善，但却不带感情，"因为我才刚打给你的饭店说我明天一整天要试装跟预演。我们现在终于可以好好聊一聊了。"

　　"你累了。"他猜想，"或许我不该来的。"

　　"不，我正在等汉米尔顿。电报或许很重要。他说他可能会接着去某个地方，意思是说不知道何时回来，所以我很高兴有人能陪我说话。"

　　麦可的脸部表情因最后一句话的冷静而抽搐。

　　"你不在乎他什么时候回家吗？"

　　"当然。"她笑着说，"但我不必对此表示太多意见，对吧？"

"为什么不？"

"我不能一开始就跟他说他可以做什么，不能做什么。"

"为什么不行？"

"他会受不了。"

"他似乎只是想要一名女管家。"麦可揶揄地说。

"你从今以后有没有什么计划，麦可？"她迅速地改变话题。

"我的计划？等后天一过，我就看不见任何未来了。我曾有过的唯一真正计划就是去爱你。"

过去在他们彼此眼前掠过，而她正以他如此熟悉的神情凝视着他。字句很快地从他内心倾泻而出。

"就让我再一次地告诉你，我有多爱你，没有一刻动摇，从未想过其他女孩。而现在当我想起这些年来没有你，也没有任何希望的日子，我根本不想活下去，亲爱的卡洛琳。我经常梦想着我们的家、我们的小孩，将你拥入我怀中，抚摸着你过去属于我的脸、手和头发，而现在，我就是无法醒来。"

卡洛琳轻声哭泣，"可怜的麦可……可怜的麦可。"她伸出手，手指掠过他晚礼服的翻领。"那天晚上我真的为你感到很抱歉。你看起来是如此瘦弱，仿佛需要一套新西装，而且需要有人照顾你。"她吸吸鼻子，然后更仔细检视他的外套。"哎呀，你有一套新西装！还有新的礼帽！哎呀，麦可，多帅气啊！"她笑着，突然从她的泪水中快活了起来。"你想必继承了一笔财产，麦可，我从未见过你打扮得这么好看。"

有一会儿，从她的反应中，他痛恨着他的新衣服。

"我继承了一笔钱。"他说，"我祖父留下大约二十五万美元给我。"

"哎呀，麦可。"她大叫，"多棒啊！我简直说不出我有多高兴。我总是认为你是那种应该要有钱的人。"

"没错，只是已经太迟了。"

旋转门从街道那头嘎吱旋转，汉米尔顿·卢弗进了大厅。他的脸涨红，眼神烦躁且不耐烦。

"哈啰，亲爱的。哈啰，克里先生。"他俯身亲吻卡洛琳。"我出来一下，想看看我是不是有电报。我看你已经拿了。"从她手中取走电报时，他对克里说："酒吧里发生了奇怪的事，不是吗？特别是当我明白你们当中有人安排了同一种类型的玩笑。"他打开其中一封电报，合上它，然后转向卡洛琳，就像脑袋里同时装了两件事的男人般发表着分歧的言论。

"一个我两年不见的女孩出现了。"他说，"似乎是某种拙劣的勒索，但无论如何，我对她从没有任何责任。"

"吧台领班在十分钟内叫来了保安，大厅里的纷争便解决了。对付这种意图恐吓的人，法国法律比起美国可要严格多了，我猜他们吓吓她，让她记住这件事。不过跟你说一声似乎比较明智。"

"你的意思是说我跑来向卡洛琳提了这件事？"麦可生硬地说。

"我可没有这么说。"卢弗缓缓地说，"你应该只是刚好在这里的吧。既然你在这里，那我就告诉你一些更令你感兴趣的消息。"

他递给麦可一封电报，然后打开另一封。

"这是用密码写的。"麦可说。

"就是这样。不过上周我不得不将这些字句弄得一清二楚。这两封电报一起拼凑出来的意思是，我的人生不得不再次从零开始了。"

麦可看见卡洛琳的脸变得些许苍白，不过她像只老鼠般安静地坐着。

"这是个错误，而我陷在里面太久了。"卢弗继续说，"所以你看到了，我并没有那么幸运，克里先生。对了，据说你继承了一笔财产。"

"没错。"麦可说。

"那么，这就是我们的处境。"卢弗转身对卡洛琳说，"你明白了，亲爱的，我并不是在开玩笑或夸张。我几乎失去了我的每一分钱，我正要重新来过。"

两对眼睛注视着她——卢弗的不置可否与无所求的眼神，以及麦可渴望、悲惨、恳求的眼神。她立刻从椅子上起身，带着细微的啜泣，投入了汉米尔顿·卢弗的怀抱。

"噢，亲爱的。"她哭着。"这有什么关系！这样更好，我更喜欢这样，老实说我真的这么认为！我要以这种方式开始，我希望如此！噢，千万不要担心，更不要难过！"

"好吧，宝贝。"卢弗说。他的手轻抚她的头发一会儿，然后他用手环抱着她。

"我答应要在一小时内赴宴。"他说。"所以我要说晚安，而且我希望你赶快上床去，然后睡个好觉。晚安，克里先生。我很抱歉让你牵扯进这些财务状况里。"

但麦可已经拿起了他的帽子和手杖。"我会和你一起去。"他说。

三

这是个如此美好的早晨。麦可的晨礼服还没有送来，因此，在经过第五乔治大道上小教堂前的摄影机和电影放映机时，他感到相当不自在。

这是一间如此洁净的新教堂，若不穿着体面似乎是罪无可赦的事。而麦可在一夜未眠后显得苍白且颤抖，决定站在后面。从那里，他望着汉米尔顿·卢弗的背、卡洛琳穿着蕾丝薄纱的背，以及乔治·派克蒙肥胖的背。后者看起来有些摇晃，似乎想倚靠着新郎和新娘。

在头顶鲜艳的旗帜飘扬下，典礼进行了好长一段时间，六月的艳阳向下倾斜，穿过了高大的窗户，照耀在精心打扮的人们身上。

当以新郎和新娘为首的队伍开始步出长廊，麦可这才惊慌地发觉身边的每个人，此时都从游行的生硬中获得解放。大家变得不拘礼，并开始和他交谈。

因此结果变成这样：卢弗和卡洛琳首先和他谈话；卢弗因

为结婚的紧张而显得面目狰狞，而卡洛琳则前所未有的美丽动
人，轻飘飘地穿越她年轻的亲友们，并从阳光灿烂的门穿越了
过去，前进到未来。

麦可勉强挤出："太美了，简直太美了。"接着其他人经过他
身边，和他说话——上了年纪的丹迪太太从她的病床上挺直了
身子，健康状况明显良好，或者该说她其实是强打精神，尽量
表现出一位年长贵妇该有的姿态。而卢弗离婚十年的父母则肩
并肩地走在一起，彼此的神情看起来十分骄傲。然后是卡洛琳
所有的姐妹与她们的先生，以及她穿着伊顿套装的小侄子，接
着一长串的队伍，都跑来和麦可交谈，因他只能一直呆呆站在
游行结束的地点。

他想知道现在会发生什么事。在第五乔治举行的招待会
邀请已经发出。天知道那是个相当昂贵的地方。在这些灾难性
电报的顶端，卢弗会试图坚持下去吗？显然，外头的队伍正在
这六月的早晨三五成群地涌向那儿。转角，女孩们的长洋装五
个并排地在风中缤纷飞扬。女孩们又变得轻飘飘起来，就像在
路上闲逛的花朵，如此飘逸动人的洋装在明亮耀眼的中午蜿蜒
而行。

麦可需要喝一杯。不喝一杯，他无法面对那接待的行列。
他冲向饭店侧边的入口寻求酒吧，一名穿着制服的服务员带着

他在新的美式风味走道上走了五百米。

可是……怎么会这样？酒吧里人满为患。有十至十五个男子和两到四个女孩，都是从婚礼而来，都需要喝一杯。酒吧里举行着鸡尾酒会和香槟宴会，原来是卢弗已经包下了整个酒吧、舞厅、两个大接待厅、所有通行的楼梯，以及可以看到整个巴黎平方街道的窗户，用以举办他的鸡尾酒会和香槟宴会。不久，麦可加入了长且缓慢漂移的接待行列。在一阵"多么动人的婚礼""我亲爱的，你简直太漂亮了""卢弗，你真是个幸运的男人"等恭维的话语中，他走出了行列。当麦可来到卡洛琳面前，她向前跨了一步，吻了他的唇，但他却认为这是个没有触碰到的吻，感觉太不真实，他因而变得飘飘然。一直很喜欢他的老丹迪太太握着他的手一会儿，感谢他在听到她生病时送来的花。

"我很抱歉没有写信给你。你知道的，我们这种老太太很感激……"事实上，她没有写信为他送来的花表示感谢，是因为婚礼的关系——麦可明白他们现在对她而言都具有同等比例的重要性。她已经看着其他五个孩子成家，也看见其中两桩婚姻支离破碎，而这样的场景对麦可来说是如此的辛酸、如此令人困惑，但在她看来，只是她过去曾经参与过的熟悉的猜字谜游戏罢了。

一个供应香槟的自助式午宴已经摆设成小桌进行招待，管弦乐队在空舞厅里演奏。麦可和婕比·卫斯特一同坐下，他对于没有穿着晨礼服还是感到有点难为情，不过现在他察觉到自己并非唯一疏忽的，才感到较为自在。"卡洛琳不是很棒吗？"婕比·卫斯特说。"她完全泰然自若。今天早上我问她，像这样踏出去，她不会有点紧张吗。而她说：'为什么我要紧张？我已经跟在他身后两年了，而现在我非常快乐，就是这样。'"

"这想必是真的。"麦可阴沉地说。

"什么？"

"你刚刚说的话。"

他心如刀割，但他没有悲痛，他并不觉得受伤。

他邀请婕比跳舞。在舞池之上，卢弗的父亲和母亲正一起跳舞。

"这让我有点难过。"她说。"这两个人好几年不见，他们两人都再婚，而她又再度离婚。在他前来参加卡洛琳的婚礼时，她到车站见他，然后邀他和一大群其他的人一起待在她位于森林大道的房子里，完全正大光明。但他担心这件事会传到他太太耳中，惹得她不高兴，所以就跑去住饭店。你不认为这有点令人难过吗？"

过了一个小时左右，麦可突然发觉已经下午了。在舞厅的一隅，像是电影放映舞台的荧幕布置已经架设好了，而摄影师们正在拍摄婚宴的正式照片。在明亮的灯光下仍像蜡一样死气沉沉的婚宴，在围绕着昏暗舞厅的舞客看来，就像是在游乐场旧磨坊所偶遇的快活或邪恶的团体。

在拍摄完婚宴以后，出现了一群领宾员。然后是伴娘、家族、小孩。稍后，早就抛弃了她飘逸洋装和大花束中的恬静感、活泼且兴奋的卡洛琳过来将麦可从舞池中抓了出来。

"现在我们要他们从老朋友当中挑一个出来。"她的声音暗示着这是所有人中最好、最亲密的一位。"过来到这里，婕比、乔治……不是你，汉米尔顿；只有我的朋友……莎莉……"

在这之后不久，仅存的拘谨已然消失，而且在香槟丰沛的倾注下，时间很快就过去了。打扮入时的汉米尔顿·卢弗坐在桌旁，手臂靠着一位女性旧识，并且一一向他的客人保证舞会离结束还早得很。宾客中也包括一些面带好奇，不过仍尽情享受舞会的欧洲人。午夜过后，大家再度在杰利家集合。麦可看见病情没那么严重的丹迪太太起身离开，被一群又一群殷勤的人给绊住，然后他将此事告知她其中一位女儿，后者立即强制性地将她母亲拐走，并帮她叫车。麦可在完成这个举动后，觉得自己非常体贴且自豪，因而喝了更多的香槟。

"真是令人讶异！"乔治·派克蒙激动地告诉他。"这场表演花了汉米大约五千元，而我了解那是他最后的财产。不过他有取消任何一瓶香槟或花束吗？他没有！他正好获得了优势……那个年轻人，你知道凡斯在今早的婚礼前十分钟给了他一份年薪五万美元的薪水吗？只要再过一年，他就会又回到百万富翁的行列了。"

谈话被一个将卢弗扛到大家肩膀上的计划给打断——计划是由他们其中六人所执行，然后站在四点钟的日光中向新郎和新娘挥手道别。但必定是哪里有问题，过了五分钟，麦可看到新郎和新娘双双走下楼梯进入婚宴会场，两人都大胆地将手上的香槟酒杯高高举起。

"这就是我们的处世之道。"他心想。"慷慨、充满活力和无拘无束，一种维吉尼亚大农庄式的好客，只是现在是以不同的步调，像是收报用的纸带般紧张。"

不自觉地站在房间的中央看哪一位是美国大使，他开始发觉自己真的有好几个小时没有想到卡洛琳了。他有点惊慌地环顾四周，然后看见她穿过房间，非常耀眼而年轻，而且洋溢着幸福。他看见卢弗站在她身旁，看她的神情仿佛永远也看不够，而当麦可注视着他们时，两人似乎就像那天在卡斯蒂格利昂路时，他所希望地那样倒退了——向后退，而且消失在他们自己的悲喜中，消失在未来将从卢弗的全盛期和卡洛琳年轻、动人的美貌里一点一滴收取代价的岁月中。两人身影渐行渐远，因此，他现在几乎看不见了，仿佛他们隐身在她波浪起伏的白纱迷雾中。

麦可痊愈了。典礼在华丽的排场和狂欢作乐中进行，象征着一种人生的开始，而他的遗憾甚至不会跟随着他们。他的一切酸楚突然间烟消云散，世界从他周遭的青春和幸福中开始重组，就像春天的阳光般恣意放肆。在他走向前，向汉米尔顿和卡洛琳·卢弗告别时，他试图回忆起他邀约了哪位伴娘今晚一同用餐。

疯狂星期天

一

　　那天是星期天——与其说是一天，倒不如说像是穿插在前后两天之间的间隔而已。一整周下来，所有人都忙得团团转。工作人员必须不断架设电影布景，拍摄连续镜头，演员们则得待在垂挂着麦克风的升降台下，漫长地苦候出场。另外每日开着车在国内来回几百英里疲于奔命，会议室里的钩心斗角、不停妥协，还有许多为了自身存亡所起的交互攻讦，也令众人感到心力交瘁。然而现在星期天已然到来，私人生活终于再度启动。昨日下午大家因单调而呈现呆滞的眼神，又重新燃起了光芒。随着时间慢慢地滑过，他们如玩具店里的"玩偶仙女"般苏醒。角落传来一阵热切交谈，而情侣们则悄悄溜到走廊里耳鬓厮磨。感觉就像是"快点，现在时间还够，不过看在老天的分儿上，在这无忧无虑的四十小时结束以前，每一分每一秒都要尽情品尝"！

　　乔尔·柯尔斯正在撰写分镜剧本。他二十八岁，还没被好莱坞给击垮。自从六个月前来到这里，他一直被分配到不错的工作，而他也满怀热忱地提出不少分镜头和连续镜头的剧本。他谦虚地自称只是个受人雇佣的文字工作者，但心里却不是真的这么想。他的母亲曾是位成功的演员，乔尔的童年穿梭于伦敦和纽约之间，他始终试图从虚幻之中区分出现实的元素，或至少去猜想那究竟是真还是幻。他是个英俊的男人，有着一对深棕色的迷人眼眸。一九一三年，他的母亲在百老汇注视着观众时，用的就是这样一双眼眸。

当接到邀请的电话时，他确信他的机会来了。礼拜天他通常不会到其他地方，而是保持清醒地把工作带回家去。近来，在一位极具影响力的女士指定下，他接到一部尤金·奥尼尔[1]的戏剧。他目前所做的一切都令迈尔斯·柯曼相当满意。而迈尔斯·柯曼是片厂中唯一不受任何人管辖，能直接对出资者负责的导演。乔尔的事业正一帆风顺。（"我是柯曼先生的秘书。礼拜天的四点到六点你能来参加宴会吗？——他住在比佛利山庄，门牌号码是……"）

乔尔感到很荣幸。这是个上流社交圈的宴会，能够受邀出

---

[1] Eugene O'Neill（1888—1953），美国著名剧作家，表现主义文学的代表作家。主要作品有《琼斯皇》《毛猿》《天边外》《悲悼》等。于一九三六年获诺贝尔文学奖。

席，就意味着自己是个前途无量的年轻人。玛丽安·戴维斯 [1] 那帮人、目空一切的高雅人士、大资本家，甚至连玛琳·黛德丽 [2]、嘉宝 [3] 和某位女侯爵，这些并非随处可见的人，大概都会光临柯曼家。

"到时我一定要滴酒不沾。"他确信。柯曼常说他已厌倦了酒鬼，但可惜的是，这项产业又少不了他们。

乔尔也觉得作家们都很贪杯——他自己就是如此。但今天下午他绝对能够自制。他希望在有人向他递来鸡尾酒时，迈尔斯能听到简洁有礼的一声"不了，谢谢"。

迈尔斯·柯曼的豪宅，总是能在重要时刻，替宾客们提供莫大感动——那里有股聆听的气息，在一片寂静之中远眺过去，当中仿佛隐藏着一名观众。但今天下午那里涌入大批人潮，就好像众人并非受邀而来，而是接到命令一同动员前来似的。乔尔骄傲地注意到，人群中只有两个是片厂里的其他编剧：一个是趾高气扬的英国佬，而另外一个则令他有点惊讶，是曾经惹

---

[1]　Marion Davies（1897—1961），美国电影女演员，报业大亨 William Randolph Hearst 的情妇。

[2]　Marlene Dietrich（1901—1992），德裔美国演员兼歌手，一九三〇年移居美国。一九九九年被美国电影学会选为百年来最伟大的女演员第九名。

[3]　Greta Garbo（1905—1990），美国电影史上最著名的女明星之一，生于瑞典斯德哥尔摩，一九二六年移居美国，曾获奥斯卡终身成就奖。一九九九年，被美国电影学会选为百年来最伟大的女演员第五名。

得柯曼受不了，而忍不住抱怨酒鬼有多烂的纳特·基奥。

史黛拉·柯曼（当然就是史黛拉·渥克）跟乔尔聊天之后，就没有去招呼其他宾客了。她迟迟不肯走开，并以美丽的神情望着他，索求某种回应，而乔很快便发挥母亲遗传给他的戏剧才能：

"哦，你看上去大概才十六岁吧！你的玩具脚踏车呢？"

她显然非常开心，磨蹭着不愿离开。他觉得自己应该再多说点什么，说些有把握而且轻松的话题——当他第一次遇见她时，她还只能在纽约争取一些小角色。这时一个托盘递了上来，史黛拉把一杯鸡尾酒放入他手中。

"每个人都在害怕，不是吗？"他心不在焉地望着酒杯说。"每个人都在等着别人出纰漏，或者努力跟在那些能替自己带来好处的人身边。当然，我并不是在说现在你家的这种场合。"他急忙为自己掩饰。"我只是泛指好莱坞的情况。"

史黛拉对此表示同意。她对乔尔介绍了几个人，仿佛乔尔是个大人物一般。因为迈尔斯在房间的另一头，乔尔便放心地把鸡尾酒给喝了。

"那么你有小孩啰？"他说。"这时候可要特别小心。一个漂亮女人在第一次生完小孩后，是非常脆弱的，因为她想重新确立自己的魅力。她需要某个新的男人为她全心全意地奉献，借以证明自己并未失去任何东西。"

"从来就没有人为我全心全意奉献。"史黛拉略为怨怼地说。

"他们只是畏惧你的丈夫吧。"

"你认为是这样吗?"她皱起眉头思索这个问题。谈话就在此时中断,而这正合乔的心意。

她的关注带来了信心,但并没有让他进入保险名单之内,他还无法溜进周遭那些识途老马的庇护之下。他走到窗前,极目远眺,太平洋在懒洋洋的夕阳下显得色彩暗淡。若有时间欣赏的话,这里还真不赖——甚至够资格被冠上"美国的蔚蓝海岸"或者诸如此类的称呼。房间里有相貌英俊、穿着体面的人们、可爱的女孩,还有——嗯,更多的可爱女孩。想一个人将她们全部独占,根本是不可能的事。

他看见史黛拉孩子气的亮丽脸庞,疲倦的眼皮总是微微垂在一只眼睛上,穿梭在客人之间。他想和她坐在一起长谈,仿佛她只是个女孩子,而非什么名人;他跟随着她,想看看她是否对别人也同样殷勤。他又拿了一杯鸡尾酒——倒不是因为他需要信心,而是因为她已经使他充满了自信。接着,他坐在导演母亲身旁。

"您的儿子必定会成为传奇,柯曼太太——就像领导人类的伟大先知，或是'主宰世界命运的人'[1]这一类的人物。就个人而言，我的意见经常与他相左，但通常大多数人都会赞同他的决定。您觉得他如何？他令您感动吗？您会对于他目前的成就感到惊讶吗？"

"不，我并不讶异。"她平静地说。"我们对迈尔斯一直都有很高的期望。"

"哦，这倒不寻常。"乔尔说。"我一直以为全天下的母亲都跟拿破仑的母亲一样呢。我母亲并不想让我和娱乐界有任何瓜葛。她想让我进西点军校，过安定的生活。"

"我们对迈尔斯一直很有信心。"

他站在餐厅里的嵌入式吧台边，旁边是脾气温和、嗜酒如命且收入优渥的纳特·基奥。

"我今年赚了十万英镑，但赌博输掉了四万，所以现在我雇了个经纪人。"

"你是指代理人。"乔尔表示。

"不，代理人我已经有了。我的意思是一位经纪人。我把一切都交给了我妻子，然后他得先去找我妻子商量之后，才能把钱交给我。我一年付给他五千块，请他把我的钱给我。"

---

[1] 拿破仑一世对自己的称呼。

"你指的就是代理人。"

"不，那是我的经纪人，而且不止我一个人这么做——很多缺乏责任感的人都雇用他。"

"不过，要是你不负责任的话，那又何必这么尽责地跑去雇什么经纪人呢?"

"我只有在碰到赌博这档事的时候，才会缺乏责任感。喂，瞧……"

一名歌手正在演唱，乔尔、纳特和其他人一起走上前去听。

二

歌声隐约传到乔尔耳中。他感到非常快乐，而且对聚集在那儿的所有人都产生了一股亲切感。这些勇敢而勤奋的人，远胜过那些相较之下非但无知而且糜烂的中产阶级。十年来，在全国上下一心只想欢乐时，这些人却爬到了最显赫的地位。他喜欢他们——甚至爱他们。好感如波涛涌入他心头。

在歌手结束他的曲目时，许多人涌向女主人道别。这时乔突发奇想，他要为人们带来他自己创作的作品《改编》。这是他唯一的社交手段，曾经在几个宴会中娱乐过大家，这或许能取悦史黛拉·渥克。在这份直觉下，乔因为表现欲而热血沸腾，于是他寻求渥克的同意。

"当然。"她喊道，"请吧！你需要些什么吗?"

"某人必须扮演秘书，而我则要对她口述一封信。"

"让我来吧。"

话一传开，门厅里原本已穿好大衣准备离开的客人，都纷纷涌了回来。乔面对着一双双陌生的眼睛。他隐隐约约有种不祥的预感，意识到刚才表演的男人是个著名的电台艺人。接着，有人嘘了一声示意大家安静，他和史黛拉两人就宛如被印第安人包围般，置身于一个充满敌意的半圆形阵地中央。史黛拉带着期盼，抬头对他微笑——然后他开始了。

他的滑稽表演是以独立制片人戴夫·西尔弗斯坦先生有限的文化素养为背景，假设西尔弗斯坦正在向秘书口述一封信，概述要如何处置他买下的一篇故事。

"——这是一个离婚的故事，里面的角色有年轻发明家和外籍军团。"他听到自己正以西尔弗斯坦先生的语调说话，"但我们得把它改编得更有看头，懂吗?"

他突然被一阵剧烈的怀疑所袭击。在柔和的模型灯光下，周围的人们脸上充满了热切和好奇，但就是没有一丝微笑。正前方那个"银幕情人"[1]瞪大了眼睛看着乔，眼神如同马铃薯的芽眼般尖锐。只有史黛拉笑容灿烂且毫不迟疑地抬头望着他。

"要是我们把他打扮成门朱[2]的样子，感觉就跟麦克·亚伦[3]差不多啦，只不过多带了点火奴鲁鲁的气氛。"

---

[1] 影射美国著名男星 John Gilbert（1895—1936），当时他与被称为"拉丁情人"的 Rudolph Valentino 互相抗衡，并列影坛最受欢迎男星，因此获得"银幕情人"的称号。

[2] Adolphe Jean Menjou（1890—1963），美国男演员，以注重衣着著称。

[3] Michael Arlen（1895—1956），英国著名剧作家。

前面依旧什么动静也没有，但后面却发出一阵窸窸窣窣的声音，听得出是人们左转走向前门。

"——接着，她说她觉得这样好色感 [1]，而他却被倒足了胃口，于是说：'噢，去死吧你'——"

他一度听到纳特·基奥在窃笑，到处有人露出鼓励的神色，但表演一结束，他便不安地意识到，他让自己在电影界那么多重要人士面前出丑了，而他的事业所仰赖的，正是这些人的恩泽。

他一时置身于困惑的沉默当中，直到所有人集体朝门口移动，才打破了沉默。他感觉到在人们的闲谈中产生一股奚落的潜流；接着——这一切都发生在十秒钟的空当内——"银幕情人"的眼睛如针眼般苛刻而空洞，他大声地喝起了倒彩"嘘！嘘！"，声音中暗示着他认为这代表了群众的情绪。那是专业对业余，以及圈内人对圈外人所表达的蔑视与不满。

只有史黛拉仍站在他身旁并向他致谢，仿佛他获得了无与伦比的成功，仿佛她根本不认为有人不喜欢这个节目。当纳特·基奥帮他穿上大衣时，一股强烈的自我厌恶向他袭来，但他仍不顾一切地坚守他的原则：即绝不流露出他的自卑情结，

---

[1] 此处原文为 "sex appil"，但实际上说话人想说 "sex appeal"，说明西尔弗斯坦缺乏文化素养。

直至自己不再感到自卑。

"我搞砸了。"他不以为意地对史黛拉说,"不过没关系,如果有人欣赏的话,这其实是个不错的表演。谢谢你的配合。"

她的脸上仍挂着微笑——他有点醉醺醺地鞠躬致意,然后纳特将他拉向门口。

当他的早餐送上来时,他才意识到自己身处于一个支离破碎的世界里。昨天,不过凭借着一点热情,他就单枪匹马地与整个电影产业对抗,而今天,他觉得自己落入了极为不利的处境,将要面对那些人的嘴脸,要对抗来自个人的蔑视和群体的冷笑。更糟糕的是,在柯曼的眼中,他成了一名丧失尊严的酒鬼。而且是那种柯曼迫不得已才雇用,并对此深感悔恨的酒鬼。至于史黛拉·渥克,她是为了维护自己家中待客的礼节,才忍受如此折磨——他不敢去猜她究竟是作何感受。他的胃液停止流动,于是将水煮蛋放回电话桌上。他写道:

亲爱的迈尔斯:

　　你可以想见我有多么厌恶自己。我承认我变得有点爱出风头,但没想到竟然会在光天化日之下,于昨天下午六点发作!天呀!请代我向你的妻子致歉。

你永远的朋友

乔尔·柯尔斯

乔尔走出他在片厂里的办公室，像个罪犯般想偷偷溜到烟草商店买烟，不过形迹却可疑到片厂的一位警卫要求他出示证件。他已经打定主意要在外面吃饭，这时充满自信且神情愉悦的纳特·基奥追了上来。

"你干吗一直躲着啊？就算那个装模作样的家伙当众嘘你，那又怎样？"

"喂，听我说，"他边说边把乔尔拉进片厂的餐厅里。"有一次，他有部电影晚上在格劳曼剧院办首映会，当他向观众鞠躬时，乔·斯奎尔斯踢了他的屁股。那个烂演员扬言之后要找乔算账，可是当乔在第二天的八点钟打电话跟他说：'我还以为你会来找我算账……'时，话还没讲完他就自己挂断了电话。"

这个可笑的故事鼓舞了乔，而他也从注视着邻桌那群人中找到些许阴郁的安慰。可爱却流露出哀愁的暹罗双胞胎、几个猥琐的侏儒，以及骄傲的巨人，这些都是拍摄马戏团电影的演员。再往后望向一群漂亮女人染成黄色的脸，她们的眼神都很忧郁，而且因睫毛膏而显得吓人，整天穿在身上的礼服则俗艳不堪。接着，他见到了一群当天曾拜访柯曼家的人，然后他畏缩了。

"不会再有下次了。"他大声惊呼，"那绝对是我最后一次在好莱坞的社交场合上露面！"

翌日早晨，一封电报在他的办公室里等候着他：

> 您是宴会中最讨人喜欢的客人之一。期盼您下礼
> 拜天能出席我姐姐琼的自助晚宴。
>
> 史黛拉·渥克·柯曼

他激动得热血沸腾了好一会儿。他无法置信地把电报又仔细读过一遍。

"噢，这可是我这辈子所遇到最棒的事！"

三

又到了疯狂的星期天。乔尔睡到十一点，然后翻了翻报纸，以了解过去一周发生了什么事。他在自己的房里用了午餐，吃了些鲑鱼、酪梨沙拉和一品脱的加州葡萄酒。他为了参加茶会而盛装打扮，挑了一套细格纹的衣服、蓝色衬衫和一条焦橙色的领带。他的眼睛下方有着疲倦的黑眼圈。他开着他的二手车来到"蔚蓝海岸"前的公寓，这里跟正牌的蔚蓝海岸一样风景如画。在他向史黛拉的姐姐自我介绍时，迈尔斯和史黛拉身着骑马服抵达——他们整个下午几乎都在激动地抱怨比佛利山庄的烂泥小路。

迈尔斯·柯曼是个神经质，带着一脸绝望的高个子，乔尔从未见过如此不快乐的眼神，从古怪的发型到随便套上的穷酸鞋子，都像个艺术家。但就是这双脚让他稳稳地立足于电影圈中——他醉心于实验电影的制作，有时也因失败而付出惨重代价，但他从未拍过廉价的片子。尽管他有着出色的团队，但和他相处一段时间的人，都会发现他并不健康。

从他们进来的那一刻开始，乔尔的这一天就被卷入两人之中。当他加入他周围的团体时，史黛拉就转身离去，还不耐烦地小声咂了一下舌头，而迈尔斯对正好在他身旁的人说：

"别提伊娃·戈贝尔了。家里已经快为她吵翻天了。"

迈尔斯转身对乔尔说："抱歉，我昨天没到办公室和你碰面，我整个下午都在精神分析师那儿。"

"你在接受心理治疗？"

"我接受治疗已经好几个月了。刚开始我只是为了治疗幽闭恐惧症而去的，而现在我正试图让我的生活完全恢复正常。他们说这需要一年多的时间。"

"你的生活并没什么问题。"乔尔安慰他说。

"噢，没问题吗？可是史黛拉似乎觉得有，去随便抓个人来问——他们全都会这么说的。"他愤恨地说。

一名女孩坐到迈尔斯的椅子扶手上。乔穿过房间来到史黛拉身边，她郁郁寡欢地站在炉火旁。

"感谢你的电报。"他说，"这真的很贴心。我无法想象还有谁能够像你这样又漂亮，脾气又好。"

现在的她比他以前见到时还要更迷人一点。或许是他眼中流露出的无限崇拜，促使她向他倾吐心事——这并没有花太久的时间，因为她显然已达情绪爆发的临界点。

"——迈尔斯这么做已经两年了，而我却一直被蒙在鼓里。唉，她是我最要好的朋友之一，老是到我家里。最后，当别人都开始跑来对我说的时候，迈尔斯才不得不承认。"

她用力地坐到乔的椅子扶手上。她身着马裤的臀部颜色跟椅子一样，乔发现她的头发有的呈红金色，有的呈淡金色，因此不可能是染的。乔还注意到她没有化妆。她是那么的美……

仍在为她的发现震惊得颤抖不已的史黛拉，对于新女孩缠着迈尔斯的景象实在忍无可忍。她把乔带进卧房，然后各自坐在一张大床的两端继续聊天。上洗手间的人们在经过时不免朝卧房里瞥上一眼，并小小揶揄几句，但史黛拉只顾着倾诉，毫不在意。过了一会儿，迈尔斯从门边探头进来说："花半小时跟乔说连我自己都不懂的事是没有用的，精神分析师说，这需要花上整整一年的时间。"

她继续说着，仿佛迈尔斯根本不在场似的。她爱迈尔斯，她说——即便遭遇到相当多的困难，她始终对他保持忠诚。

"精神分析师对迈尔斯说他有恋母情结。在他的第一次婚姻中，他将他的恋母情结转移到他妻子身上，你知道吧，然后将性需求转到我身上。但在我们结婚后，这种事情又重演了——他把他的恋母情结转移到我身上，而他所有的性欲却都转向了这个女人。"

　　乔知道这大概不是胡言乱语，不过听起来还是太过荒诞。他认识伊娃·戈贝尔，她是个和蔼的人，比史黛拉的年纪要大，大概也比她更有智慧，而史黛拉一直是个备受宠爱的天之骄女。

　　迈尔斯这时很不耐烦地提议，既然史黛拉有这么多话要说，那乔干脆跟他们一起回去，于是他们三人一起驱车回到比佛利山庄的寓所。在挑高的天花板下，情况似乎更显得严肃和具悲剧气息。这是一个恐怖但明亮的夜晚，所有窗户外面的黑暗都非常清晰，史黛拉在房间里大哭大闹，满脸通红。乔不大相信电影女演员们的悲伤。她们有许多其他要盘算的事——是一群由作家和导演为她们注入活力的红润美人，工作几个小时后，她们会围坐在一起说些悄悄话，在咯咯的笑声中嘲讽一切，讨论着彼此间许多冒险的结局。

　　有时候他假装聆听，但心里却想着她打扮得多么漂亮——一双匀称的大腿上套着时髦的马裤，意大利色的小高领毛衣，还有一件棕色的麂皮短外套。他分不清到底是她在模仿英国贵妇还是英国贵妇在模仿她。她摆荡于最真切的事实和最矫饰的喧嚣之间。

　　"迈尔斯非常爱吃我的醋，我做什么他都要盘问一番。"她轻蔑地喊道。"我在纽约时，曾写信跟他说我和艾迪·贝克去看过戏，迈尔斯醋劲大发，一天之内居然狂拨十通电话过来。"

"当时我是失心疯了。"迈尔斯使劲地抽了下鼻子，这是他紧张时的习惯。"精神分析师无法花一个礼拜的时间就将我给治好。"

史黛拉绝望地摇了摇头，"难道你指望我在旅馆里枯坐三个礼拜？"

"我不指望任何事。我承认我爱吃醋，而我正设法改正。我和布里奇班医师一起努力过，但没有任何效果。今天下午，你坐在乔尔椅子的扶手上时，我也在吃他的醋。"

"你吃他的醋？"她跳了起来，"你吃他的醋！当时你椅子的扶手上不是也有别人吗？而且你陪我讲过两个钟头的话吗？"

"可是你一直在卧房里对乔尔诉苦。"

"当我想到那个女人……"她似乎相信过伊娃·戈贝尔的名字就可以削弱这个女人存在的事实。"……以前常到这儿来……"

"好啦……好啦。"迈尔斯厌烦地说，"我已经什么都承认了，而且跟你一样都觉得糟透了。"他转过身，开始和乔谈起电影，而史黛拉则双手插在马裤的口袋里，心烦意乱地沿着远处的墙来回走动。

"他们对迈尔斯的态度实在太差了。"她突然回到他们的谈话上来，仿佛他们从未讨论过她的私事。"亲爱的，告诉他老贝泽竟然想窜改你电影的事。"

当她以保护者的姿态守候在迈尔斯身旁时，双眼为了他而闪着愤慨的光芒，这时，乔发现自己爱上了她。他压抑住自己激动的情绪，起身道晚安。

随着礼拜一的到来，又恢复平常索然无味的节奏，和礼拜天的高谈阔论、流言蜚语和丑闻形成强烈对比。剧本无止境的细节修改："不要用拙劣的淡出，我们也可以让她的声音留在音轨上，然后切换镜头，从贝尔的角度拍摄计程车的中景，不然我们可以简单地把摄影机拉回来，把整个车站拍进去，停留一分钟，然后摇摄整排的计程车。"到了礼拜一下午，乔又忘了从事娱乐业的人其实拥有获得娱乐的特权。傍晚时分，他打电话到迈尔斯家。他想找迈尔斯，但接电话的是史黛拉。

"情况有好转吗?"

"不怎么好。这个礼拜六晚上你有什么计划吗?"

"没有。"

"佩里家要举办戏剧晚宴，但迈尔斯不会到，他要飞到南本德看圣母队对加州队的比赛。我想你可以代替他陪我去。"

过了好久，乔才说："噢……当然好啊。如果要开会的话，我会赶不上晚餐，不过我可以赶得上看戏没问题。"

"那我就说我们能出席啰。"

乔在办公室里走来走去。考虑到柯曼夫妇之间的紧张关系，不知道迈尔斯会不会不高兴？还是她不打算让他知道？那是不可能的。因为即使迈尔斯不提，乔也会说的。他花了一个小时以上的时间，才终于开始认真工作。

礼拜三，会议室里的争论已经持续了四个小时，香烟烟雾聚积成一幅幅星球和星云的图案。三个男人和一名女人轮流在地毯上来回踱步，他们时而提议，时而谴责，时而疾言厉色，时而辩才无碍，时而满怀信心，时而灰心丧气。等一切结束后，乔尔留下找迈尔斯谈谈。

这个男人看起来非常疲倦——倒不是因为累坏了，而是被整个生活给压垮，他的眼皮下垂，惨绿的嘴边满是未刮的乱胡子。

"我听说你要搭机去看圣母队的比赛。"

迈尔斯的目光越过了他，落在远方，然后他摇了摇头。

"我改变心意了。"

"为什么？"

"因为你。"他仍然不看乔。

"到底怎么了，迈尔斯？"

"我改变心意是因为……"他突然敷衍地嘲笑起自己来。"我不知道史黛拉会因为恨意而做出什么事来。她已经邀请你陪她去佩里家去了，不是吗？我已经没有兴致看比赛了。"

在片厂中，迈尔斯能够将他细腻的直觉挥洒自如，但在个人生活中，他却显得糊里糊涂，软弱无助。

"嘿，迈尔斯。"乔皱着眉头说，"我可从来没有勾引过史黛拉。如果你真的因为我而取消这次的行程，那我就不陪她去佩里家了。以后我也不会再见她。你可以完全相信我。"

这时迈尔斯谨慎地看着他。

"或许吧。"他耸耸肩，"不管怎样，还会有别人的。我不会开心的。"

"你好像对史黛拉没什么信心。她跟我说过，她始终对你忠贞不贰。"

"或许是吧。"就在刚刚的几分钟内，迈尔斯嘴巴周围的肌肉垂得更厉害了，"但在事情发生过后，我还能要求她什么呢？我如何能指望她……"他停顿了下来，表情变得严肃起来，然后说，"我要告诉你一件事，不论是对是错，也不管以前我做过什么，如果我发现她有什么问题，就会跟她离婚。我无法忍受我的自尊心受到伤害——那会是最后一根稻草。"

他的语气激怒了乔尔，但乔尔还是说：

"她还对伊娃·戈贝尔的事耿耿于怀吗？"

"没错。"迈尔斯悲观地抽了下鼻子,"连我自己都无法释怀。"

"我以为这件事已经结束了。"

"我试着不见伊娃,可是你知道的,这种事情很难就这么放下,这可不像前一晚在计程车里随便吻了一个女孩那么简单!精神分析师说……"

"这我知道。"乔打断他的话,"史黛拉跟我说过。"这时气氛有些尴尬。"喔,就我来说,如果你去看比赛,我是不会去见史黛拉的。而且我敢说史黛拉并没有愧对任何人。"

"或许如此吧。"迈尔斯无精打采地重复道。"总之,我会留下来并带她去赴宴。嘿!"他突然说,"我希望你也能来,我需要有个能支持我的人和我说说话。问题就出在这——史黛拉什么事都会受我影响,尤其是我欣赏的男人她都喜欢,真是麻烦。"

"的确是。"乔表示赞同。

四

乔没能赶上晚宴。看得出街上有不少人目前都正处于失业，所以他头上的那顶丝质礼帽令他感到有些难为情。他在好莱坞戏院前等候其他人，并观赏夜间游行：一些无名小卒装扮成特定几位耀眼的电影明星；身着马球外套的跛脚男子；蓄着胡子、手里拿着使徒棍的苦行僧跳着踢踏舞；一对穿着学院服的时髦菲律宾人，令人想起美利坚合众国的这块区域，对来自于七大洋的人都会张臂欢迎；还有一支长长的狂欢队伍，里头全是大声叫嚷的年轻人，原来是在举行兄弟会的入会仪式。队伍从中间断开，让两辆漂亮的轿车通过。车子在路边停下。

她在那儿，穿着一件用上千片淡蓝色布料制作、像冰水的礼服，颈间则流淌着冰柱。他向前奔去。

"那你喜欢我的礼服啰？"

"迈尔斯呢？"

"他还是飞去看比赛了。他昨天早上走的，至少我想是这样。"她突然停下，"我刚收到一封从南本德发来的电报，说他准备要回来了。我忘了——这些人你都认识吧？"

这八个人一起走进了剧院。

迈尔斯终究还是去了，原本乔尔还猜想他是不是已经到这儿了。但在演出期间，看着史黛拉纯净且闪亮发丝下的侧脸，他已将迈尔斯的事抛在脑后。有一次在他转过脸看着她时，她也转头看他并微笑，两人的眼神交会，直到他将视线移开。幕间休息时，他们在大厅里抽烟，她低声说：

"他们都要去杰克·约翰逊的夜总会出席开幕仪式。我不想去了，你呢？"

"我们非去不可吗？"

"我想不用吧。"她犹豫地说，"我想跟你好好聊聊。我想我们可以去我家……要是我能确定……"

她又犹豫了一下，于是乔尔问：

"确定什么？"

"确定……噢，我知道自己是在胡思乱想，可是我怎么能够确定迈尔斯真的去看比赛了呢？"

"你是说你觉得他正跟伊娃·戈贝尔在一起吗？"

"不，不一定是这样……但假设他在这里观察着我的一举一动。你知道迈尔斯有时候会做出一些奇怪的事情来。有一次，他想找一个长胡子的人陪他喝茶，就派人从经纪公司找来一位，然后和这个人喝了一下午的茶。"

"那可不一样。他从南本德发了电报给你——这证明他在看比赛。"

散场后，他们在路边和其他人道晚安，结果招来一些消遣的神情。他们穿过聚集在史黛拉周围的人群，沿着五光十色的繁华大街溜走了。

"你知道，他能安排那些电报。"史黛拉说，"根本轻而易举。"

确实如此。一思及此，她的不安或许有些道理，乔变得有点愤怒：若迈尔斯将摄影机对准他们，那他对迈尔斯就没有责任了。于是他大声地说：

"那简直是胡闹。"

商店的橱窗里已经摆上了圣诞树，而林荫大道上的满月虽然只是件道具，却也和角落里的巨大闺房灯饰一样美化了景观。再往前走，就进入了比佛利山庄阴暗的树林，这里的树叶在白天就像尤加利叶一样火红，但现在乔只看得见一张在他脸下闪耀的白色脸庞，还有她肩膀的弧形。她突然从他身旁走开，然后抬头仰望他。

"你的眼睛长得很像你母亲。"她说，"我以前有一本剪贴簿，里头全是她的照片。"

"而你的眼睛则是独一无二的，没有人可以像你。"他回答。

当他们走进屋里时，乔莫名地望向外面的地上，仿佛迈尔斯正埋伏在灌木丛里似的。大厅的桌上搁着一封电报。她大声读出：

> 我人在芝加哥
> 明晚返家。想你。爱你。
>
> 迈尔斯

"你瞧。"她说，一边将那张纸条扔回桌上，"他可以轻易地作假。"她吩咐男管家准备饮料和三明治，跟着跑上楼，这时乔走进空荡荡的接待室里。他四处溜达，漫无目的地走到钢琴前。两个礼拜前，他就是在这里出丑的。

"那么我们就可以完成了……"他大声地说，"……一个关于离婚的故事，里头有年轻发明家，还有外籍军团。"

他的思绪跳到了另一封电报上。

> "您是宴会当中，最讨人喜欢的人之一……"

他突然萌生一个想法。如果史黛拉的电报纯粹是一种礼貌性的表示，那么电报很可能是迈尔斯的主意，因为是迈尔斯邀请他来的。或许迈尔斯曾经这么说过：

"给他发个电报吧。他蛮可怜的，觉得自己丢尽了脸。"

这正好吻合"史黛拉什么事都会受我的影响，尤其是我欣

赏的男人她都喜欢"。一个女人会那么做，是出于同情，但男人
那么做的话，就是基于一份责任了。

史黛拉回到房间时，他抓住了她的双手。

"我有种奇怪的感觉，觉得你正在和迈尔斯玩一场伤害彼此
的游戏，而我只是一颗棋子。"他说。

"帮你自己倒杯酒吧。"

"而奇怪的是，尽管如此，我却还是爱上了你。"

电话铃响，她挣开乔的手去接电话。

"另一封来自迈尔斯的电报。"她宣布，"这是他，或者电报
上说是他，在堪萨斯市登机前发来的。"

"我想他应该在电报中向我问过好吧。"

"没有，他只说他爱我，而我相信他确实爱我。他是这么的
脆弱。"

"过来坐在我旁边。"乔催促她。

时间还早。半小时过后，还差几分钟才到午夜，这时乔走
向冰冷的壁炉前，简单地说：

"意思是说，你从来都没对我有过什么感觉？"

"不是的。我觉得你很吸引我，这你也知道。但重点是，我
想我真的很爱迈尔斯。"

"显然如此。"

"而且今晚不管做什么我都觉得心神不宁。"

他没有生气——甚至隐约地感到松了一口气，一场可能的纠葛因而避免。不过，当他望着她，看见她温暖而柔软的身躯正在融化那件冰冷的蓝色礼服时，他知道她将成为令他永远深感遗憾的事物之一。

"我得走了。"他说，"我要打电话叫计程车。"

"胡说什么，这儿有值班的司机啊。"

他的心缩了一下，原来她本来就不打算要留他下来。见状，她轻轻吻了他一下，说："你真好，乔。"接着，突然发生了三件事：他将他的酒一饮而尽，电话铃声响彻了整个住宅，大厅里的钟响起了喇叭似的报时。

九……十……十一……十二……

五

又到了星期天。乔意识到昨天傍晚当他赶来戏院的时候，过去一个礼拜的工作还像裹尸布般缠绕在他身上。在这一天结束之前，他原本可以抓紧时间处理一些事情，而他却在向史黛拉示爱。但今天是星期天，一幅未来二十四小时愉快而懒散的景象摊开在他面前——每一分钟都在暂时放下迂回手段中度过，每一刻都孕育着无数的可能性。没什么不可能，一切都才刚刚开始。他又替自己倒了一杯酒。

突然发出一声呻吟，史黛拉无力地向前滑落在电话旁。乔将她扶起，小心地放在沙发上。他用苏打水沾湿手帕来为她擦脸。电话的话筒仍在发出刺耳的声响，他将话筒放到他耳边。

"飞机正好坠落在堪萨斯市这边。已经找到迈尔斯·柯曼的尸体，而且……"

他挂上了电话。

"躺着别动。"当史黛拉睁开眼睛时，他故意支吾着说。

"噢，出什么事了？"她轻声说，"打电话回去问清楚。噢，出什么事了?"

"我会立刻打回去。你的医生叫什么名字?"

"他们是说迈尔斯死了吗?"

"安静躺着。有没有哪个用人还没睡?"

"抱我。我好害怕。"

他伸出一只手臂搂着她。

"跟我说你平常是看哪位医生。"他坚决地说,"这可能是场误会,但我想找个人过来陪你。"

"我的医生叫——哦,天啊,迈尔斯死了吗?"

乔跑上楼,在陌生的药柜里寻找氨水。在他下楼时,史黛拉喊道:

"他没有死,我知道他没有死。这只是他计划的一部分。他在折磨我。我知道他还活着。我能感觉得到他还活着。"

"我想找几个你的好朋友过来,史黛拉。今晚你不能独自待在这儿。"

"噢,不。"她哭喊道,"我不能见任何人。你留下来吧。我一个朋友都没有。"她起身,泪流满面。"噢,迈尔斯是我唯一的朋友。他没死,他不可能死的。我马上过去到那里看看,坐火车去,你得陪我一起去。"

"你不能去。今晚什么也做不了。随便给我一位女士的名字，让我可以打电话给她：洛伊丝？琼？卡梅儿？有没有这样一个人？"

史黛拉茫然地望着他。

"伊娃·戈贝尔是我最好的朋友。"她说。

乔想起两天前迈尔斯在办公室里那张悲伤而绝望的脸。他在可怕的寂静中死去，关于他的一切都变得十分清晰。他是唯一一个生于美国，又同时具备风趣性格和艺术良知的导演。他深深陷入了这个行业，并为此付出了代价，让自己的精神走向溃灭。因为他无法回头，变得过于愤世嫉俗，而且寻找不到慰藉——只能不断逃避，投向悲惨与不安之中。

外面的大门传来一点声响——门突然开了，大厅里传来脚步声。

"迈尔斯！"史黛拉尖叫，"是你吗，迈尔斯？噢，是迈尔斯。"

一名送电报的男孩出现在房门口。

"我找不到门铃。我听见你们在里面说话。"

电报是刚才电话通知的复本。史黛拉把电报看了一遍又一遍，仿佛这是个黑色谎言。与此同时，乔抓起电话四处找人。时间还早，他很难找到人过来。最后终于找到了几个朋友，然后他让史黛拉喝了一杯烈酒。

"你要留在这里，乔。"她半梦半醒地喃喃道，"你不会走的。

迈尔斯喜欢你，他说你，"她浑身抖得厉害，"噢，天哪，你不
知道我现在有多么孤单。"她闭上眼睛，"伸出手臂搂住我。迈
尔斯也有像那样的一件衣服。"她突然坐得笔直。"想想当时他
有什么感觉。总之，几乎不管什么都会让他害怕。"

　　她恍惚地摇了摇头。突然间，她捧住乔的脸，并把它凑近
自己的脸。

　　"你不会走的。你喜欢我，你爱我，不是吗？别打电话给任
何人。明天有的是时间。今晚你留在这里陪我。"

　　他盯着她，刚开始还感到怀疑，接着因了解而感到震惊。
在黑暗中摸索的史黛拉，试图借由维持迈尔斯生前的状况，让
他继续活着——仿佛只要令他忧虑的可能性还存在，迈尔斯的
灵魂就不会消逝。这是她不愿承认他已不在人世所做出的疯狂
而痛苦的努力。

　　乔毅然决然地走到电话旁，拨电话给医生。

　　"不，噢，不要打给任何人！"史黛拉哭叫起来，"回来，用
你的手臂抱着我。"

　　"鲍尔斯医生在吗？"

　　"乔！"史黛拉哭喊道，"我以为我能依靠你。迈尔斯喜欢你，
他妒忌你……乔，过来到这里。"

啊，那么，如果他背叛了迈尔斯，她就可以继续觉得他还活着——因为如果迈尔斯真的死了的话，又怎么能够被背叛呢？

"……刚才受到非常严重的打击。你能马上过来吗，再带个护士？"

"乔尔！"

这时，门铃和电话开始断断续续地响起，一辆辆汽车停在门前。

"但你不会走的。"史黛拉央求着他，"你会留下来的，对不对？"

"不。"他回答说，"不过我会回来的，如果你需要我的话。"

屋内正忙得不可开交，生者如同被卷起纷飞的叶片般，围绕着亡者准备后事。站在屋外的台阶上听着这些，他的喉咙里开始有些哽咽。

"他有一种魔力，能将双手所触及的一切变得不可思议。"他心想，"他甚至为那顽皮的小女孩赋予活力，让她成为杰作。"

接着他又想：

"在这片该死的荒原上，他留下了多深的一个大洞！"

然后带着些许悲痛，他对自己说："噢，没错，我会回来的——我一定会回来的！"

新　绿

一

这是第一个温煦、能够在布隆森林里野餐的日子。栗树的花儿低垂到桌上，而且放肆地落到奶油和酒当中。茱莉亚·罗斯吃了一点她的面包，听着金鱼在池中荡出波纹，麻雀从废弃餐桌上呼啸而过的声音。你可以再次见到所有人——带着专业表情的服务生们，从头到脚都是一副警戒姿态的法国女人，以及坐在她对面、心情平稳地用餐的菲尔·霍夫曼，而一名英俊非凡的男人刚刚走上了露台。

……阳光普照的透明威力。湿润空气的气味十分微弱，围绕在每个含苞待放的花蕾……

茱莉亚谨慎地颤抖；她控制自己的情绪；她并没有跳起来大叫"唉呀呀呀！这不是很棒吗？"然后将领班推进荷花池里。她坐在那里，一名二十一岁、行为端正的女性谨慎地颤抖着。

菲尔起身，手中拿着餐巾。"嗨，狄克，在这儿！"

152

“嗨，菲尔！”

　那是个俊帅的男人。菲尔往前走了几步，他们离开桌子交谈。

“……在西班牙看见卡特和凯蒂……”

“……涌进了不来梅……”

“……所以我要……”

这名男子继续说，领班跟随在后，而菲尔坐了下来。

“那是谁？”她问。

“我的一个朋友——狄克·瑞伦。”

“他无疑是我这辈子见过最帅的男人。”

“没错，他是很帅。”他不是很热衷地附和着。

“太帅了！他是个天使，他是头美洲狮，看起来多么秀色可餐。只是为什么你没有对我介绍过他呢？”

“因为每一个住在巴黎的美国人，都对他有着最糟的评价。”

“无稽之谈。他必定是被恶意中伤的。这一切都是肮脏的栽赃嫁祸……很多有夫之妇都会忍不住对他望上一眼，所以那些吃醋的丈夫才会这样造谣。哎呀，我想那个男人这辈子除了带领骑兵冲锋陷阵和拯救溺水的小孩以外，他什么也没做。”

　“不过事实是他到哪里都不受欢迎——而且原因多得说不清。”

"什么样的原因？"

"一切你所能想到的原因。喝酒、女人、坐牢、丑闻、开车撞死人、懒散、没用……"

"我一个字也不相信。"茱莉亚坚决地说，"我敢打赌他一定迷倒过很多人。而且看你和他说话的样子，似乎你也这么觉得。"

"没错。"他不情愿地说，"就像许多酒鬼一样，他有他的魅力所在。如果他只是在某处——除了在别人的大腿上以外，把自己搞得一团糟的话。就在某人训斥他，并且对他大大抱怨一番时，他却将汤洒在老板娘的背上，跑去吻女服务生，然后昏倒在狗屋里。不过他太常这么做了。他已经把大家都吓跑了，直到没人留下为止。"

"还有我会留下。"茱莉亚说。

还有茱莉亚，她对任何人来说都好得有点太过分了，而且有时令人遗憾的是，她是如此得天独厚。任何东西再加上美貌是必须付出代价的——也就是说，当被视为替代品的特质再加上美貌时，可能反倒成了一种缺陷。茱莉亚淡褐色明眸的一瞥便已足够，更别提闪烁于其中、带有怀疑意味的慧黠眼神。她那难以抑制的荒谬感减损了她柔和的唇形，如果她没有听从严厉父亲的训诫直挺挺地坐和站，而是选择慵懒和故作姿态的话，她体态的迷人会更加明显。

　　同样完美的年轻人好几次带着礼物出现，但通常迎接他们的是已经结束，没有任何发展空间的态度。另一方面，她发觉格局较大的男子在年轻时会遭遇到许多磨难，而她本身太年轻，有点不喜欢那样。例如这名在她对面、年轻但态度轻蔑的自我中心主义者菲尔·霍夫曼，显然即将成为一名杰出的律师，事实上是跟随她来到了巴黎。她和所有她认识的人一样喜欢他，但他现在却有着身为警长儿子的一切傲慢无礼。

　　"今晚我会去伦敦，而礼拜三我要搭船出航。"他说，"而你整个夏天都会待在欧洲，每几个礼拜就会有新的家伙和你耳鬓厮磨。"

　　"如果你只能说出这种话，那你也不过是条善妒的可怜虫罢了。"茱莉亚说，"别说这些废话了，我要你介绍那个叫瑞伦的男人。"

　　"就在我要离开的最后时刻吗？"他抗议道。

　　"但我已经给了你整整三天，指望你能想出更好的办法。既然我都已经拜托过了，就请你明理一点，去邀他来喝点咖啡。"

　　当狄克·瑞伦先生加入他们时，茱莉亚因为喜悦而深深吸了口气。他是个体态健美的男人，棕褐色的皮肤配上金发，脸上散发出独特的光芒。他的嗓音沉稳中带着热情，似乎总是因某种快活的绝望而微微颤抖。他看着茱莉亚的方式令她觉得魅力无穷。半小时的时间，当他们的字句愉快地在紫罗兰和雪花莲、勿忘我和三色堇的气味中散播时，她对他的兴趣越来越浓厚。甚至当菲尔这么说时，她都感到高兴：

"我刚刚才想到我的英国签证。虽然明知不智，我必须留下你们这两只刚认识的爱情鸟在一起。你们五点会到圣拉扎尔火车站和我会面，然后送我离开吗？"

他看着茱莉亚，期盼她会说："我现在就跟你走。"她非常清楚自己没有理由和这名男人单独留下，但他令她发笑，而她近来已好久没笑过了，所以她说："我再待一会儿，这里是多么美好，而且有好多泉水。"

在菲尔离开后，狄克·瑞伦提议来点上等的香槟酒。

"我听说你恶名昭彰？"她冲动地说。

"噢，糟糕至极，甚至再也没有人邀我出去了。你要我赶快戴上我的假胡子吗？"

"那太奇怪了。"她继续说，"你这样岂不是会与一切美好的事物绝缘吗？你知道菲尔认为在他介绍你之前，必须先警告我关于你的事吗？而我则叫他不要这么做。"

"为什么？"

"我认为你看起来相当迷人，而这是如此的遗憾。"

他的脸色变得柔和。茱莉亚看得出这种话他已经听得太多，所以不会有任何感觉。

"这完全不关我的事。"她迅速地说。她并未发现他那种被遗弃的特质，增强了他对她的吸引力——并非她从未亲眼见过的那份放荡，而仅是一种抽象的概念，但结果却是让他变得如此孤单。她身上有某种隔代遗传的基因要她走出去迎接这个不同于她族类的陌生人，一个来自和她的习性截然不同的世界的人，而他保证能带来意外……但却充满希望的冒险旅程。

"我要告诉你其他的事。"他突然说，"六月十五号，也就是我二十八岁生日的那天，我要永远戒酒。我再也不会用喝酒来找乐子了。显然我不是那些少数能使用酒精的人之一。"

"你确定你能戒酒吗？"

"一言既出，驷马难追。而且我会回到纽约并开始工作。"

"我真的很惊讶，我竟是如此开心。"这么说未免太过轻率，但她仍是脱口而出。

"再来一瓶上等香槟？"狄克提议，"然后你就会更加开心。"

"你要这样一直持续到你生日那天？"

"大概吧。在我生日那天，我会搭乘航行于海洋当中的奥林匹克号。"

"我也会在那艘船上！"她惊呼。

"你可以看到我很快就会不一样了。我会为了船上的音乐会而这么做。"

服务生正在收拾餐桌。茱莉亚知道她这时该走了，但看到他坐在那里，笑容底下藏着不快的神情，她无法就这么离开。出于母性，她认为她应该说些什么来帮助他下定决心。

"告诉我，你为什么要喝那么多。或许有某种隐晦的理由，连你自己都不清楚。"

"噢，我很清楚我是怎么开始的。"

在他为她讲述他的故事时，另一个小时又过去了。他在十七岁时参战，而在他回来时，普林斯顿戴着小黑帽的新鲜人生活已经变得有点乏味。于是他前往波士顿科技大学，然后到海外去念艺术。就在这个时候，在他身上发生了某件事。

"大约在这个时候，我继承了一些钱，而我发觉在喝了一点酒后，自己会变得很开朗，而且稍微能够取悦人们，而这个主意改变了我的想法。然后我开始饮用大量的酒精来过活，让大家都认为我是个很棒的人。嗯，我受到了重创，而且和我大多数的朋友发生争执，接着我遇见了很狂野的一群人，有一阵子我便和他们无话不谈。但我想要成为更优秀的人，而且突然间心想，'我怎么会和这一群人在一起？'他们不太喜欢那样。而当我搭乘的计程车撞死一个人时，我被控告了。我只是被无端涉入的，却被刊登在报纸上，于是在我被释放以后，大家的印象仍停留在我就是肇事凶手。因此，过去五年我身上所必须背负的名声，让只要是在同一间旅馆里看到我的那些母亲，都会飞快地带着她们的女儿离开。"

一位不耐烦的服务生在附近徘徊，而她看着她的手表。

"天哪，我们得在五点去送菲尔。我们竟在这里待了一整个下午。"

当他们匆忙赶到圣拉扎尔火车站时，他问："你会让我再跟你见面吗，还是你觉得最好不要？"

她回应了他的饱含期盼的目光。从他的脸上、温热的双颊、直挺的仪态，她都看不出放荡的迹象。

"我午餐时刻一定都会有空。"他如同一名虚弱病患般地补充说明。

"我并不担心。"她笑了，"后天带我去吃午餐吧。"

他们仓皇地跑上圣拉扎尔火车站的阶梯，但却只见到金箭号的最后一节车厢消失在英吉利海峡中。茱莉亚懊悔不已，因为菲尔已经远远离开。

作为一种补偿，她和她阿姨回到她住的房间，试图写封信给他，但狄克·瑞伦闯入了她的思绪。到了早上，他帅气脸庞的影响稍微消退，她想写张字条给他，说她无法见他。尽管如此，他仍引起她些许的兴趣，而这让她下定决心。她在约定日子当天的十二点半等着他。

茉莉亚对她阿姨只字未提。她的阿姨在午宴中招待客人，而且或许提过他的名字——和一个你无法提及的人出去还真是奇怪。他迟到了，而她在大厅里等他，听着饭厅里午宴传来如鹦鹉般喋喋不休的闲谈。一点钟时，她应了门铃开门。

外厅里站着一个她以为过去从未见过的男人。他的脸色惨白，胡子剃得乱七八糟；他的软帽在他头上被挤得像是块小圆面包；他的衬衫领子很脏，全身上下除了领带以外，其他全都变了样。不过就在她认出狄克·瑞伦的体格时，她察觉到一种将其他人矮化至无物的转变，而那就在他的表情上。他的整张脸就只有长长的冷笑——眼睑勉强地覆盖着他凝视的眼神，松垮的嘴唇盖过上齿，下巴像是用石蜡整过形般摇晃——那是张令人倒胃口的脸。

"哈啰。"他含糊地说。

有一刻，她退缩了，向着大厅的饭厅突然间寂静下来，受到大厅里静默的鼓舞，她一面将他推到门口，一面让自己跨出了门外，然后将他们身后的门关上。

"噢——噢、噢！"她一口气吐出这些音节，一副饱受惊吓的模样。

"我从昨天都还没有回过家。让我们去狂欢吧，到……"

　　带着反感，她抓着他的手臂转身，陪着他蹒跚地走下房间的楼梯。经过管理员太太身旁时，她好奇地从她的玻璃房里向外窥探。然后他们走进了阳光普照的居内梅街。

　　迎着对面卢森堡公园所吹送过来的春季清新气息，他甚至变得更加古怪。他把她给吓坏了，她拼命地在街上来回寻找计程车，但一辆计程车无视于她的手势，在沃吉哈赫街角转弯。

　　"我们要去哪里吃午餐？"他问。

　　"你的样子根本无法去吃午餐，你不明白吗？你必须回家睡一觉。"

　　"我很好。我喝点酒就好了。"

　　一辆经过的计程车在她招手下放慢了速度。

　　"你回家去睡一觉。你哪里也不适合去。"

　　当他聚精会神地看着她时，突然发觉她非常清新、可爱，对于他所度过前几个小时那个烟雾弥漫且混乱的世界来说，她简直就是异类，一股微弱的理性电流流向他。她看见他的嘴因含糊的敬畏而扭曲，看见他隐约试着站直身子。计程车打开了。

　　"也许你是对的，真的很抱歉。"

　　"你的住址是哪？"

　　他报出住址，然后倒在一个角落里，他的脸仍在为了现实而挣扎。茉莉亚关上了门。

当计程车驶离，她便匆忙越过马路，并进入卢森堡公园里，仿佛有人在身后追赶似的。

二

相当意外地，当那天晚上七点他打来电话，她接了电话。他的声音非常紧张而颤抖：

"我想，今天早上的事就算道歉可能也没什么用了。我不知道自己做了什么，不过这不是借口。但如果明天你能让我在某个地方见你一会儿……只要一下……我就有机会亲自告诉你我多么抱歉……"

"我明天很忙。"

"好吧，那礼拜五好了，或是其他日子都行。"

"很抱歉，我这个礼拜都很忙。"

"你的意思是，你不想再见到我了？"

"瑞伦先生，我几乎看不出像这样继续下去有什么用。确实，今天早上的事有点太过分了，我觉得非常抱歉。希望你有好一点了，再见。"

她将他彻底赶出她的心房。她甚至没有将他的声誉与这样的景象相连——一名酒鬼就是一个彻夜未眠、喝着香槟，然后或许在凌晨唱着歌返家的人。这番景象在日正当中时又是另外一回事。茱莉亚切断了与他的联系。

其间，她和其他男人在仙乐斯吃午餐，去森林中跳舞。菲尔·霍夫曼从美国捎来一封责备的信。菲尔对这件事的看法如此正确，令她更喜欢他了。过了两个礼拜，若非在许多谈话中听到别人轻蔑地提及狄克·瑞伦的名字，她应该已经忘了他。显然他过去也曾做过这样的事。

后来，在她预定要出海的前一个礼拜，她在白星航运公司的售票处偶然遇见他。他帅气如常——她几乎不敢相信自己的眼睛。他一只手肘靠在桌上，挺着那健美的体态，而他黄色的手套就跟他清亮的眼睛一样洁净。他坚定、快活的性格使店员带着入迷的尊敬态度为他服务；后面的速记员抬头看了一会儿，然后交换了一下眼神。接着他看见了茱莉亚。她点点头。他脸上迅速闪过一丝畏缩的神情，然后脱帽示意。

他们一起在桌边待了好久，沉默令人喘不过气来。

"这不是很令人讨厌吗?"她说。

"没错。"他断断续续地接着说，"你要搭奥林匹克号?"

"噢，对啊。"

"我以为你会改变主意。"

"当然不会。"她冷冷地说。

164

"事实上，我想过要改搭别艘船，我就是来这里问问看的。"

"那太荒谬了。"

"你不会讨厌看到我吗？那么当我们在甲板上和彼此擦身而过时，并不会害你晕船啰？"

她露出笑容。他把握住机会：

"自我们上次碰面以来，我已经稍微有进步了。"

"别提那件事了。"

"那好吧，是你进步了。你穿上了我所见过最可爱的衣服。"

那样很放肆，但她发觉自己因这个恭维而有点闪闪发光。

"你不考虑和我到隔壁的咖啡馆喝杯咖啡，以求从这磨难中解脱吗？"

她是多么软弱，竟像这样和他说话，让他向她献殷勤。这就像是被蛇震慑住般动弹不得。

"恐怕我不行。"他的脸变得相当难为情，而且有点受伤，让她有点心软。"呃……好吧。"她很讶异自己会这么说。

在阳光下，他们坐在路边的桌子旁，没有什么事情会使她想起两周前那个糟糕的日子。就像《化身博士》一样，他彬彬有礼，他很迷人，他很有趣。他让她觉得……噢……如此魅力无穷！而他并不指望什么。

"你停止喝酒了吗？"她问。

"要到十五号那天才戒。"

"噢!"

"我会继续喝,直到我说要戒酒的那天,然后我就会戒掉。"

当茱莉亚起身要离开,她在他提议下次见面时摇了摇头。

"我们在船上见面,等你二十八岁生日之后。"

"好吧,还有一件事:这就等于是我为自己的罪所付出的代价,罪行是对这辈子自己所曾经深爱的一个女孩,我竟做出了不可饶恕的事。"

在船上的第一天她见到他,然后她的心便感到深深的惶恐,因为她终于理解她有多么想要他。不管他有什么样的过去,不管他做过什么。即使她不一定会让他知道,但在她遇过的男人当中,只有他能让她起化学反应,所有其他的男人在他旁边都黯然失色。

他在船上很受欢迎。她听见在他二十八岁生日的那天晚上,他要举办舞会。茱莉亚并没有受邀。当他们碰面时,他们愉快地交谈,就仅是如此而已。

就在十五号的隔天,她发现他躺在他的躺椅上,看起来面无血色。他漂亮的眉毛和他的眼睛四周皱了起来,而他的手在他伸出去拿杯清汤时颤抖着。在接近傍晚的午后,他还在那里,显然相当痛苦而凄惨。在附近徘徊了三次以后,茱莉亚忍不住对他说：

"新时代来临了吗？"

他虚弱地试图起身，但她示意要他别这么做，然后坐在旁边的椅子上。

"你看起来很疲倦。"

"我只是有点紧张。这是五年来我第一个没有喝酒的日子。"

"很快就会渐入佳境的。"

"我知道。"他冷酷地说。

"别被打败了。"

"我不会的。"

"我可以帮你什么忙吗？想来点镇静剂吗？"

"我无法忍受镇静剂。"他几乎是在故意说反话，"不，我的意思是谢谢。"

茱莉亚站了起来："我知道你觉得一个人比较自在。明天事情就会好转的。"

"别走，如果你能忍受我的话。"

茱莉亚又坐了下来。

"唱一首歌给我听吧……你会唱吗？"

"什么样的歌？"

"有点悲伤的……某种蓝调。"

　　她以低沉、柔和的嗓音为他唱了首莉比·贺曼的《故事就是这么结束》。

　　"很好听。现在唱点别的，或是再唱一遍。"

　　"好吧。如果你喜欢的话，我整个下午都会为你唱。"

168

三

第二天在纽约，他打电话给她。"我已经是这么样地想你了。"他说，"你想我吗？"

"好吧，我确实想。"她不情愿地说。

"很想吗？"

"我非常想你。你好一点了吗？"

"我现在还好。只是我还有一点紧张，不过我明天就要开始工作了。我何时能见你？"

"当你想见我的时候。"

"那就今天晚上吧。还有……再说一次那句话。"

"什么？"

"就是好吧，你的确想念着我。"

"好吧，我确实想。"茱莉亚顺从地说。

"想我。"他补充。

"好，我确实很想你。"

"可以了。你说起来就像是在歌唱似的。"

"再见，狄克。"

"再见，亲爱的茱莉亚。"

她在纽约待了两个月，而非她原本预期的两周，因为他不让她离开。在白天时，工作取代了喝酒，但之后他必须要见茱莉亚。

有时候，当他来电说他太累，没有办法在看完电影后外出时，她开始嫉妒起他的工作。缺少了酒精，夜生活对他来说毫无意义——他感到有所缺憾且相当失落。但对从不喝酒的茱莉亚来说，夜生活本身就是一种刺激——音乐、争奇斗艳的洋装，以及共舞的俊男美女们。起初，他们偶尔会见到菲尔·霍夫曼。茱莉亚认为他把事情看得太严重，然后他们就再也没有见过他。

这时发生了一些令人不太愉快的插曲。一位过去的同学埃丝特·凯瑞，跑来问她清不清楚狄克·瑞伦的名声。而茱莉亚非但没有生气，还邀请她和狄克会面。令人高兴的是，埃丝特轻易便改观了。此外，还有其他烦人的小小插曲，但幸运的是，狄克的恶行恶状仅限于巴黎，因而在遥远的此地都被认为并非事实。他们现在深爱着彼此——那天早上的记忆，已缓缓从茱莉亚的想象中被抹去——只是她希望能够更加确定。

"再过六个月，如果一切都能像这样，我们就宣布订婚。然后再过六个月，我们就结婚。"

"要这么久喔。"他忧伤地说。

"可是在那之前已经五年了。"茱莉亚回答，"我全心全意地相信你，但有个声音叫我等等。记住，我也是在为我的孩子做打算。"

那五年——噢，已经一去不复返了。

八月时，茱莉亚到加州见她的家人，并打算待上两个月。她想知道狄克独处时会如何。他们天天写信，他的信从兴高采烈，转变成沮丧、乏味，然后是怀抱着希望。他的工作渐入佳境。当他的生活慢慢步入了正轨，他的叔叔才真正开始相信他，但他始终如此地想念他的茱莉亚。就在一张绝望的临时字条开始出现时，她才将她的拜访缩短为一星期，然后向东前往纽约。

"噢，谢天谢地，你在这里！"当他们手挽着手步出中央车站时，他喊道。"这好难熬。最近我有好几次想过要继续痛饮，而我必须去想你，但你的距离却是那么遥远。"

"亲爱的……亲爱的，你是如此疲倦且苍白。你太认真工作了。"

"不，这只是因为一个人的生活过于凄凉。在我上床时，我的思绪不断地翻搅。我们不能快点结婚吗？"

"我不知道，再看看吧。现在你已经让你的茱莉亚回到你身边，其他事都不重要了。"

过了一个礼拜，狄克的沮丧已烟消云散。当他难过时，茱莉亚把他当作她的小孩，将他英俊的脸蛋靠在她胸前，但她最爱的，还是他充满自信、能够鼓舞她、逗她开心，以及让她感觉受到呵护和安心的脸庞。她和另一名女孩租了一间公寓的房间，并在哥伦比亚大学修生物学和家政学的课。在深秋来临时，他们一起去看美式足球赛和新的表演，然后走过了中央公园里的初雪，而且一周好几次在她的炉火前一起度过漫长的夜晚。但随着时间的流逝，他们两人都心急了起来。就在圣诞节之前，一位不速之客——菲尔·霍夫曼出现在她的门前。这还是几个月以来的第一次。拜纽约街上满满独立并排的梯子所赐，对于即使是亲密友人的会面，这里都是个非常严苛的地方。因此，在关系紧张的情况下，要避不见面就容易多了。

于是他们彼此变得生疏。自从他表达对狄克的怀疑以来，就自动成了她的敌人。而另一个考量是，她看到他已不可同日而语，一些咄咄逼人的气焰已逐渐消失。他现在是地方助理检察官，他的职业让他带着与日俱增的自信到处走动。

"所以你要嫁给狄克？"他说，"什么时候？"

"现在会很快。等我母亲来东部的时候。"

他用力地摇摇头。"茱莉亚，别嫁给狄克。这并非出于嫉妒——我知道当我被打败时我非常嫉妒——但像你这样可爱的女孩竟盲目地潜到充满岩石的湖里，感觉是很可怕的事。你怎么会以为人们会改变他们的习性？有时他们会干涸，或甚至流入平行的河道，不过我还没认识过会真正改变的人。"

"狄克已经不一样了。"

"或许是如此。但这岂不是一个很大的'或许'吗？假如他一点也不吸引人，而你喜欢他，我会说尽管去吧。或许我大错特错，但很显然你是被他俊俏的脸蛋和那些富有魅力的举止给迷住了。"

"你并不了解他。"茱莉亚忠诚地回答，"他和我不一样。你不了解他有多么绅士而且多么敏感。你这样不是相当卑劣和卑鄙吗？"

"嗯。"菲尔思考了一会儿，"几天内我想再见你一次。或者或许我会和狄克谈一谈。"

"你别去打扰狄克。"她喊道，"没有你去纠缠他，他就已经够烦的了。如果你是他的朋友，就试着去帮他，而不是背着他来找我。"

"我原本一开始就是跟你当朋友在先。"

"我和狄克现在是一体的。"

但三天后，狄克来看她，就在他通常已经进办公室的那一个小时。

"我在这里是出于迫不得已。"他轻描淡写地说,"因为菲尔·霍夫曼威胁说要揭发我。"

她的心像铅锤般向下一沉。"他放弃了吗?"她心想,"他又喝酒了吗?"

"跟一位女孩有关。你去年夏天将她介绍给我,并嘱咐我要好好对她……就是埃丝特·凯瑞。"

此时她的心跳减缓了下来。

"在你去了加州以后,我非常寂寞,接着我遇见了她。她那天对我非常有好感,有一阵子我们常常和对方见面。然后你回来了,我便和她断绝往来。这有点困难。我之前没有发觉她是这么有趣。"

"我明白。"她的声音透露出极端的渴望和惊骇。

"请试着了解。那些可怕至极的寂寞夜晚。我想要是没有埃丝特的陪伴,我又会开始喝酒。我从未爱过她——除了你以外,我从未爱过任何人——但我必须要见见某个喜欢我的人。"

他用手臂环抱着她,但她感到全身发冷,于是他放开了手。

"那么,任何女人都能够办得到。"茱莉亚缓缓地说,"是谁都无所谓。"

"不!"他喊道。

"我离开你这么久,就是为了让你能靠自己的力量站起来,并找回你的自尊。"

"我只爱你一个，茱莉亚。"

"但任何女人都能够帮你。所以你并不是真的需要我，是这样吗？"

他的脸上流露出茱莉亚曾看过好几次的脆弱神情。她坐在他椅子的扶手上，用她的手滑过他的脸颊。

"那么你又带给了我什么？"她问，"我以为靠着一点一滴积累的力量，可以打败你的软弱。现在你给了我什么？"

"我所拥有的一切。"

她摇摇头。"什么也没有。只有你好看的外表……而昨晚晚宴中的那个领班也有。"

他们谈了两天，但什么也没决定。有时候，她会将他拉近她身旁，然后将手伸向她如此喜爱的他的唇，但她的手臂感觉好像是在围绕着稻草。

"我会离开，然后给你机会仔细考虑一下。"他绝望地说，"我无法想象没有你的日子，不过我想你不会嫁给一个你无法信赖或相信的人。我叔叔要我到伦敦做点生意……"

那一晚，他离开了，暗淡的码头上令人感伤。唯一让她克制住而不崩溃的，就是他的离去，并非代表支撑着她的力量也随之一同远去。即使没有他，她依然坚强。然而当阴暗的灯光落在他眉毛和下巴的美好结构上，当她看见转向他的脸庞、跟随他的目光时，一阵糟糕的空虚感向她袭来，她想说："别在意，亲爱的，我们再一起试试看。"

但要试什么呢？会冒险在失败和成功之间掷铜板决定，是人的天性，但那却也是适恰与灾难两者间，所进行的孤注一掷的赌博游戏……

"噢，狄克，安分点，坚强点，然后再回来找我。改变，改变，狄克……要改变！"

"再见，茉莉亚……再见。"

她在甲板上看他最后一面，当他用火柴点烟时，他的轮廓犹如有浮雕的贝壳般鲜明。

四

从一开始到结束，都是菲尔·霍夫曼陪伴着她。而尽可能温和地告知这个坏消息的也是他。他在八点半抵达她的公寓，然后小心翼翼地将早报扔到外面。狄克·瑞伦已消失在海上。

在她一开始猛烈地号啕大哭后，他故意变得有点残忍。

"他很了解他自己。他的意志力已经精疲力尽，他不想再活下去了。而且，茉莉亚，就为了让你知道你几乎无法怪罪自己，我要告诉你这件事：这四个月以来，他很少去上班——从你去加州开始。他没有被炒鱿鱼是因为他的叔叔，而他要去伦敦经营的生意也一点都不重要。在他最初的热忱流逝后，他就已经放弃了。"

她严厉地看着他。"他没有喝酒吧，有吗？他没有在喝酒吧？"

转瞬间，菲尔犹豫了。"不，他没有喝酒，他信守他的承诺……他在这方面非常坚持。"

"就是这样。"她说，"他信守他的承诺，为此而失去他的性命。"

菲尔不自在地等候着。

"他说得到做得到，而且为了坚守承诺而心碎。"她哽咽地继续说，"噢，人生有时候不是很残忍吗……如此的残忍，绝不放过任何人。他是这么样的勇敢……他为了遵守自己的诺言而死。"

菲尔很高兴他已经将报纸扔掉，上面暗示着狄克在酒吧里快活的夜晚——而这仅是菲尔所知，在过去几个月里的快活夜晚之一。他为了事情的结束而感到宽慰，因为狄克的弱点已经威胁到他深爱女孩的幸福，不过仍替他感到十分难过。对生活的无法适应，无可避免地将他导向了种种的荒唐行径——但很明智的是，最后他还能让茱莉亚从这件意外事故中保留残余的梦。

一年后，就在他们结婚之前，有一段不太愉快的时刻，那时她说：

"你能了解我对狄克的感觉，对不对，菲尔？而且这种感觉永远都会留在我心里。这不仅仅是因为他好看的外表。我相信他……而且在某种程度上我是对的。他崩溃了，但却没有屈服；他是个堕落的人，但却不是个坏人。在我心中，从我第一次看到他时我就知道了。"

　　菲尔退缩了，但他什么也没说。或许有更多的隐情是他们所不知道的。最好还是让这些事留在她内心深处，以及那深深的海底。

酗酒者

一

"把那……放……下……噢……喔……喔！拜托，现在，可以吗？别再喝了！快点……把酒瓶给我。我告诉过你，我会保持清醒，然后把酒瓶交还给你。快点。如果你再像那样喝个不停……那你回家时会像什么样子。快点……把瓶子给我……我会留一半在瓶子里。罢（拜）……托。你知道卡特医生是怎么说的……我会保持清醒，然后把酒瓶交还给你，或是留一些在瓶子里……快点……就像我说过的，我已经很累了，无法和你周旋一整晚……好吧，就让愚蠢的你自己去喝到挂吧。"

"你要来点啤酒吗？"他问。

"不，我不想喝什么啤酒。噢，想到我得再度看到你喝到烂醉。我的天啊！"

"那我就喝可口可乐。"

女孩坐在床上喘着气。

"你什么也不信吗？"她问。

"你什么也不信……拜托……它会洒出来的。"

不行了，能做的都做了，她心想。她已经完全想不出什么
方法来帮他了。他们又对峙了一次，但这一次之后，他坐着抱
头片刻，然后再度转头过来。

"你再试图拿一次，我就把它扔掉。"她迅速地说，"我
会……扔到浴室的瓷砖上。"

"那样我会踩到碎玻璃……不然就是你会踩到。"

"那就放手……噢，你答应过的……"

刹那间，她将酒瓶丢下。酒瓶像水雷般从她手中滑落，闪
耀着红黑色和"加勒海德爵士，路易斯威尔蒸馏杜松子酒"的字
样，在地上缓缓地滑动。他抓起瓶颈，然后从敞开的门将酒瓶
扔进浴室里。

酒瓶在地上散成碎片，一切陷入了短暂的寂静，她读着
《飘》，故事讲述着多年前发生的美好事物。她开始担心起他必
须进到浴室，而且可能会伤到脚，因而不时抬头看看他是否走
了进去。她昏昏欲睡——上一回她抬头望时，他正在哭闹，看
起来像是她曾在加州看护过的一个犹太老头。他必须去浴室好
几次。在这种情况下，她一直闷闷不乐，但她心想：

"我想，若我没有爱过他，在这种情况下，我不会留下来。"

突然间她恢复了意识，起身，然后将一张椅子摆在浴室门
前。她很想睡，因为那天他一早便将她唤醒，要她去取报道耶

鲁对抗达特茅斯赛事的报纸，而且她一整天都没回家。那天下午，他的一位亲戚前来探望他，而她在外头的大厅里等候。那里的气流很强，她除了制服外，并未套上毛衣。

她还想办法哄他睡觉，在他趴在写字桌前时，她在他肩上披了件衣服，也在他膝上披了一件。她坐在摇椅上，但睡意已然退去。有许多的事情需要计划并谨慎处理，她找到一支笔，然后写下：

脉搏 120

呼吸 25

体温 98—98.4—98.2

备注——

——原本她大可以写下：

试图抢夺杜松子酒酒瓶。将酒瓶扔掉并摔破。

但她修正为：

酒瓶在争夺中掉落并摔破。一般而言，病患普遍都不好应付。

她开始在她的报告上补充：我不想再继续处理酗酒的病例了，但这个请求获准的希望渺茫。她知道她可以在七点时醒来，并在唤醒他侄女之前将一切清理干净。这都是游戏的一部分。

但当她在椅子上坐下时，她注视着他苍白且精疲力尽的脸，然后再次计算他的呼吸，同时纳闷为何会发生这一切。他今天一直很体贴，为她画了他全系列的连环漫画送给她。她正打算将它装框，然后挂在她的房间里。她再度感觉到他瘦弱的手腕正在与她的腕部角力，然后忆起他曾说过的可怕事情，而她也想到昨天医生对他说的话：

"你是个很好的人，不应该这样对待自己。"

她好累，不想清理浴室地板上的玻璃，因为只要他呼吸平顺，她就要将他移到床上去。不过她最后还是决定先清理玻璃。她跪了下来，在搜索最后一块碎片时，心想：

……这并不是我应该做的。而这也不是他应该做的。

她愤恨地站起来注视着他。从他瘦削而细致的鼻形传来微弱的鼾声、呜咽声，遥远而伤心欲绝。医生以某种方式摇了摇头，而她知道这真的是超越她能力所及的病例。此外，在她中介机构的卡上写着她前辈的忠告："酒鬼止步。"

她完成了自己的一切职责，不过她满脑子只想着和他在房里抢夺杜松子酒瓶的场景，当他问她有没有被门伤到手肘时，她顿了一下后回答："你不知道人们是怎么说你的，无论你是如何看待你自己……"那时她知道，他已不再在意诸如此类的事。

玻璃碎片已被全部集中在一起——当她拿出扫帚来确定时，

她从碎片中发觉玻璃比他们互相凝视一会儿的窗户要少。他不清楚她姐姐的事，也不知道她差点嫁给比尔·马可，而她也不知道是什么导致他沦落到这步田地，当时他办公室里还有一张他年轻妻子和两个儿子与他的合照，五年前的他多么英俊潇洒。这是如此愚蠢至极——当她替自己在捡拾玻璃时所割伤的手指缠上绷带时，她已经下定决心，不再受理酒鬼的病例。

二

距离隔天傍晚还早。一些万圣节的捣蛋鬼将公车的侧窗劈开，因为担心玻璃可能会落下，她往后转移到后头的黑人区座位。她手上有从病患那里领来的支票，但却无法在此刻兑现，在她的钱包里有一枚二十五分硬币和一枚一分硬币。

她认识的两位护士正在希森太太中介机构的大厅里等候。

"你正在处理什么样的病例？"

"酒精中毒。"她说。

"噢，没错……葛丽塔·霍克斯跟我说……你正在照顾住在森林公园饭店的那个漫画家。"

"没错，那是我负责的。"

"我听说他相当放肆。"

"他从没做过令我困扰的事。"她撒谎，"你不能把他们当成罪犯来对待。"

"噢，别生气……我只是听说在城里……噢，你知道的……他们会要你陪他们胡搞……"

"噢，够了，别乱说。"她说，为自己逐渐升高的怒火感到惊讶。

过了一会儿，希森太太出来，要求另两人等候，然后作势要她进办公室。

"我不喜欢派年轻女孩去处理这样的病例。"她开始说，"我接到你从饭店打来的电话。"

"噢，情况还不算太坏，希森太太。他不知道自己在做什么，而且他并没有以任何方式伤害我。我比较在意自己会不会砸了你的招牌。他昨天一整天真的都很好。他还为我画了……"

"我不想派你去照顾那样的病人。"希森太太用拇指迅速地翻阅登记表。"你去处理肺结核病患的案子，好吗？没错，我想你会愿意的。现在这里有个……"

电话持续响个不停。护士听见希森太太的声音一丝不苟地说：

"我会尽力而为——只是那要由医生决定……那已经超出我的权限……噢，哈啰，海蒂，不，我现在没有办法。对了，你有任何擅长对付酒鬼的护士吗？有个在森林公园饭店投宿的人需要人帮忙。再回电话给我好吗？"

她放下话筒，"就装作你是在外头等。总之，这是什么样的男人？他做出下流的行为吗？"

"他始终不肯让我碰他的手。"她说,"所以我无法帮他注射。"

"噢,一名虚弱的大男人。"希森太太嘀咕着说,"他们应该到疗养院去。再过两分钟,我会有一件案件进来,你可以稍作休息。那是位老太太……"

电话再度响起。"噢,哈啰,海蒂……呃,那名史云森的大女孩怎样?她应该能够照料任何的酗酒者……那乔瑟芬·马克汉如何?她没住在你的公寓住宅里吗?……让她来听电话。"接着过了一会儿。"乔,你介意接手一位知名漫画家,还是艺术家?不管他们怎么叫,他住在森林公园饭店,你愿意接手他的案子吗?……不,我不清楚,不过是由卡特医生负责的,而且他大约会在十点钟左右来访。"

停顿了好一会儿,希森太太不时说:

"我明白……当然,我了解你的想法。没错,但这应该不危险——只是有点困难。我一直都不喜欢将女孩送到旅馆去,因为我知道你可能会碰上什么样的混混……不,我会找到人的。即便是这个时候。别放在心上,谢谢。并请告诉海蒂,我希望那顶帽子能够搭配那件晨衣……"

希森太太挂上话筒,然后在她面前的便条纸上做记录。她是名非常干练的女性。她曾经担任过护士,并曾经历过其中最糟糕的低潮。她曾是个骄傲、富有理想、过劳的实习生，遭受过狡黠拘留犯的伤害和她最初病患的无礼对待，对方还以为她是因为未成年犯罪才被罚来照顾老年人的。她突然从书桌转身。

"你想接哪一类的案件？我告诉过你，我这里有个友善的老太太……"

护士的棕色眼睛因复杂的思绪而发亮——她才刚看过关于巴斯德的电影，而且当她们还是实习护士时，还读过所有关于南丁格尔的书。带着那份自尊，她们意气昂扬地漫步于费城综合医院寒冷的走道上。身上那件崭新披肩所带来的骄傲，就如同初次参加社交活动的少女，对自己即将出席饭店宴会的皮草所感到的骄傲一样。

"我……我想我愿意再试试看这个案件。"她在刺耳的电话铃声中说，"如果你找不到其他人的话，我就宁可再回去。"

"但前一分钟你才说你再也不要继续接酒鬼的案件，而下一分钟你却说你想回去。"

"我想是我把它想得太困难了。真的，我认为我能够帮助他。"

"这由你决定。不过要是他试图抓住你的手腕呢？"

"但他抓不住的。"护士说，"看看我的手腕。我在威达佛吉尼亚高中打了两年篮球。照顾他，我绰绰有余。"

希森太太看了她好一会儿。"那么，好吧。"她说，"但要记住，当他们喝醉时所说的话和他们清醒时全然无关——这点我清楚得很。去找一位你可以请求的仆人来商量，因为你永远也无法辨别——有些酒鬼很和蔼可亲，有些则不然，但他们全都会散发出恶臭。"

"我会谨记在心的。"护士说。

她在一个异常明亮的夜晚外出，稀疏冻雨的歪斜微粒将蓝黑色的天空漂白。载着她驶向城里的公车依旧是同一辆，不过现在被打破的窗户似乎变多了，公车司机恼怒地说，如果让他逮到其中一名小鬼，他会如何教训他。她知道他只是在谈论一般的烦恼，就像她一直在谈论酒鬼讨人厌的地方一样。当她走上套房，而且发现他十分无助且濒临崩溃时，她会瞧不起他，并为他感到难过。

下了公车，她走下通往饭店的长阶梯，因空气中的寒意而感到一丝欣喜。她正要去照顾他，因为没有人会来，而且也因为她最优秀的同行对于照料没有其他人想要的案件较感兴趣。

她敲敲他书房的门，知道自己即将要说些什么。

他亲自来应门，身上穿着餐服，甚至还戴着礼帽——但少了他的饰纽和领带。

"噢，哈啰。"他漫不经心地说，"很高兴你回来了。我不久前醒来，而且决定要出门。你找到夜班护士了吗?"

"我也是你的夜班护士。"她说，"我决定值二十四小时的班。"

他突然露出亲切但却无所谓的笑容。

"我发现你不见了，但隐约觉得你会回来。请帮我找我的饰纽。它们应该不是在一个小的仿珐琅盒里，就是在……"

他抖了抖，让衣服更服帖，并从他的外套袖子里将袖口拉紧。

"我以为你已经放弃我了。"他若无其事地说。

"我也这么以为。"

"如果你看那张桌上。"他说，"你会发现我为你画的所有连环漫画。"

"你要去见谁?"她问。

"总统的秘书。"他说，"在你进来时我正打算放弃。帮我点些雪利酒好吗?"

"就一杯。"她不耐烦地同意了。

不久，他从浴室呼唤:

"噢，护士，护士，我的生命之光，另一个饰纽在哪?"

"我会把它放进去。"

在浴室里，她看见他苍白的脸发热，闻到他的呼吸中混杂着薄荷和杜松子酒的气味。

"你会很快回来吗？"她问，"卡特医生十点钟要过来。"

"胡说什么！你要跟我一起下去。"

"我？"她惊呼，"穿着一件毛衣和裙子？这样要怎么去！"

"那我不去了。"

"好吧，那就上床去。总之，那才是你该待的地方。你不能明天再去见这些人吗？"

"不，当然不行！"

她走到他身后，绕过他的肩膀为他系上领带——他的衬衫已经从烫衣机中翻了出来，并放上了饰纽，而她建议：

"你不穿别件吗，如果你必须见某些你喜欢的人的话？"

"好吧，不过我要自己来。"

"为何你不让我帮你？"她恼火地问，"为何你不让我帮你穿上你的衣服？护士是用来做什么的——这不就是我该做的吗？"

他突然坐在马桶上。

"好吧——请继续。"

"现在，不要抓我的手腕。"她说。接着又说，"抱歉。"

"别担心，不会痛的。你马上就知道。"

她将他身上的外套、背心和直挺挺的衬衫脱了下来，不过在她能够从头部脱他的汗衫之前，他抽着他的烟，拖延了她的动作。

"现在看看这个。"他说，"一……二……三。"

她将汗衫脱起，同时他将香烟灰红色的点如匕首般刺向自己的心脏。烟头推挤着他左肋上一块约为银币大小的铜板，然后在一颗偶然的火星从他腹部不规则地跳下时，他喊了一声"哎哟！"

现在是该铁石心肠的时刻，她心想。她知道在他的珠宝盒里有三枚战时的徽章，不过她自己也曾冒过不少次险，其中包括结核病，而且有一次更糟，尽管她并不知情，而且始终对医生不愿告诉她而耿耿于怀。

"我猜想，你曾经为此而吃了不少苦头吧。"在她用湿布为他擦拭身体时，她轻轻地说，"这无法痊愈吗？"

"永远也不可能。那是一块铜板。"

"好吧，但这并非你这么对待自己的借口。"

他用他的棕色大眼望着她，锐利……冷漠，且困惑。他立即以动作向她表示他愿一死。而就她受过的所有训练和经验来说，她知道她无法为他做任何有建设性的事。他站起身，在洗手盆上方让自己镇定下来，然后他的目光盯着前方的某处。

"现在，如果要我待在这里，你就不能再碰酒了。"她说。

突然间，她明了他的目光并非在搜寻酒。他是在看前一晚他扔下酒瓶的那个角落。她盯着他英俊的脸庞，虚弱但却目空一切——她甚至不敢在中途转身，因为她知道死神就在他注视的那个角落。她知道死神——她听说过他，闻过他明显的气味，不过在他盯上某人之前，她从未见过他，而她知道这名男人曾在他浴室的角落里见过他；当他在虚弱的咳嗽中吐痰，并将痰抹在他的裤头时，死神就站在那里看着他。他闪耀着一阵光芒，作为他最后一个动作的见证。

隔天，她试图将这传达给希森太太：

"这不像你所能战胜的其他任何事——不管做了多少努力。这个人大可以扭伤我的手腕，而这对我来说并没有多大关系。只是你对此真的无能为力，这令人如此沮丧——一切都徒劳无功。"

着陆三小时

　　想抓住这个机会，就得孤注一掷了，唐纳德心想。但是刚从一件麻烦工作获得解放的他，目前精神正好又无事可做，所以很想放手一试。他现在正需要做些什么来好好转换心情，或许。

　　当飞机着陆时，他踏了出去，走进中西部的夏夜，并朝偏远的普韦布洛机场前进。那是栋了无新意的建筑，就像过去以红色砖瓦打造的铁路车站一样。他不知道她现在是否还活着，或者还住不住在这个城镇，也不知道她是否已经嫁人改姓。他越来越激动地翻阅电话簿，找寻在二十几年间可能已经过世的她的父亲的名字。

　　不，找到了，他还活着。哈蒙·霍姆斯法官——山区3194。

　　一位女性以愉悦的声音回应了他对南西·霍姆斯小姐的询问。

　　"南西现在是华特·基佛德太太了。请问你是哪位？"

但唐纳德没有回答便挂断了电话。他已经找到他想知道的，而且才花了三小时。他对这个叫华特·基佛德的人完全没印象，于是又花了不少时间再次翻找电话簿。她可能嫁到别的地方去了。

不，他也住在这里。华特·基佛德——山区1191。血液回流到他的指尖。

"喂?"

"喂。请问基佛德太太在吗? ——我是她的一位老朋友。"

"我就是。"

他记得，或者他以为他记得，她声音里难以理解的魔力。

"我是唐纳德·普蓝特。自从十二岁后，我就没再见过你了。"

"噢……噢……噢!"

话筒另一头传来的语气非常惊讶，而且十分殷切，但听得出来当中并没有欣喜的感觉。看样子她还没想起来他是谁。

"……唐纳德!"她又补上一句。这次她的声音已经摆脱了刚才努力回想的挣扎。

"……你什么时候回来的?"然后诚挚地说，"你在哪里?"

"我人在机场外面……才刚到几个小时而已。"

"噢，过来看我吧。"

"你还没要上床睡觉吗？"

"当然还没啊！"她大声地说，"我正坐在家里一个人喝着威士忌苏打。你就跟你的计程车司机说……"

途中，唐纳德分析着刚刚那番谈话。自己刚刚那句"在机场"，就象征他已经取得上流资产阶级的地位。而南西说她独自一人，则暗示长大后的她或许变成一个没有朋友的难看女人。她的先生可能不在家，或者已经去睡了。而且在他的梦中，她一直都是以当初那个十岁少女的姿态出现，所以威士忌苏打也令他颇为吃惊。但唐纳德微微笑了一下，纠正自己——现在她都已经快三十岁了。

在弯曲车道的尽头，他看见一名娇小的黑发美女站在灯火通明的门边，手中拿着一个玻璃杯。实际看到站在眼前的她，唐纳德简直不敢置信。他走出计程车，开口说：

"基佛德太太？"

她打开门廊上的灯，瞪大眼睛并踌躇地盯着他看，然后困惑的表情转变成微笑。

"唐纳德——是你——我们都变了。噢，不过这真是太棒了！"

当他们走进屋里时，两人一直不断重复说着"这些年来"这句话。唐纳德觉得胃变得非常沉重。原因有部分来自他们最后一次会面的景象——当时她骑脚踏车经过他身旁，但却假装没看见他，有一部分是担心他们无话可说。这就跟大学同学会一样，不过在那种场合发现没什么往事好聊的时候，还可以用狂欢胡闹来掩饰尴尬。他惊恐地意识到这可能会变成漫长而空洞的一小时，只好不顾一切地试着开口：

"你以前一直都很可爱。可是看到你现在变得这么漂亮，还是吓了我一跳。"

这招奏效了。他们立即承认彼此的改变，也大胆地赞美对方，谈话也变得有趣起来。两人就像一对初次见面的男女，而非找不到话聊的儿时玩伴。

"来杯威士忌苏打吧？"她问，"不要吗？不过你别想歪了，我可没有变成偷偷酗酒的酒鬼，只是今晚有点闷。原本还以为我先生今天就会回来的，可是他却打电报来说他会在外面待超过两天。他人很好，唐纳德，而且很迷人。有点像是你这型的，长得也有点像。"她迟疑了一下，"……可是我觉得他好像在纽约喜欢上了某个女孩子……我也不知道。"

"你看起来是这么完美，我相信他不会的。"他向她保证。"我已经结婚六年了，曾经有一段时间，我也是这样被猜忌心所折磨。然后有一天，我决定将嫉妒永远赶出我的生活。在我妻子死后，我为自己的决定感到庆幸。因为这让我保留了非常丰富的美好回忆，没有任何污点、损伤，也没有任何事情是我所不愿想起的。"

听着这些话的时候，她专注地看着他，并流露出她的同情。

"你的遭遇真让人难过。"她说。然后在过了一段适当的时间后，她接着说："你变了好多。把你的头转过来。我记得我父亲说过：'那个男孩子很有头脑。'"

"你大概一点都不这么觉得吧。"

"这个嘛，我印象很深。因为在那之前，我还以为每个人都是有头脑的呢。这就是为什么这件事让我铭记在心。"

"还有没有什么是你铭记在心的？"他笑着问。

突然间，南西站了起来，然后迅速地稍微往旁边走开。

"啊，真讨厌。"她指责他，"这不公平！我想我过去是个淘气的女孩。"

"没这回事。"他不退让地说，"现在我想喝一杯了。"

在她倒酒时，她的脸仍转头不看他，他继续说："你以为你是谁唯一吻过的小女孩？"

"你果然是要提这件事吗？"她问。她刚刚那短暂的恼怒融化了，她说："真是的！不过过去的日子的确很开心，美得就像首歌。"

"比如说一起去滑雪橇的时候。"

"没错……还有参加某人的野餐……我记得是楚蒂·詹姆斯的。还有在芳堤娜……那些夏天的时光。"

他最记得的就是滑雪橇，在她因为冰冷的白色星星而发笑时，他在某个角落的稻草中吻了她冰冷的脸颊。他们旁边的情侣背对着他们，而他吻了她小小的脖子和她的耳朵，但从未吻过她的唇。

"而在马克思家的聚会上，大家都玩着邮局的游戏，但我却没办法去，因为那时我得了腮腺炎。"他说。

"这我就想不起来了。"

"噢，你在那儿。而且有人吻了你，我简直嫉妒到快疯掉。我从来没像那样吃过醋。"

"奇怪，我不记得了。或许是我想忘了它吧。"

"干吗要忘掉？"他好奇地问。"我们曾是两个极度纯真的孩子。南西，每当我和我妻子聊到过去，我都会告诉她，几乎就像爱她一般，你是我同样曾经这么爱过的女孩。但我想我对你的爱，也真的就像对她所付出的爱一样多。当我们家搬离镇上的时候，我将你像炮弹一样整个装填到我心里。"

"你当时真的那么……那么喜欢我吗？"

"当然啦！我……"他突然意识到两人间只剩两英尺的距

离，他说话的样子，就仿佛自己仍然如此为她疯狂；而她抬头则看着他，嘴唇半张，眼中带着阴郁的神情。

"继续说下去。"她说，"我必须惭愧地说……我喜欢听。我并不知道你那时如此沮丧。我以为沮丧的是我。"

"你！"他惊呼。"你不记得是你在药房甩了我吗？"他笑着说，"你还对我吐舌头呢。"

"我完全不记得了。在我看来，是你抛弃了我。"她的手轻轻地，而且几乎是安慰性地落在他手臂上。"我楼上有本相簿，我已经好几年没看了。我去把它找出来。"

唐纳德坐了五分钟，内心想着两件事情。第一件事情是，为何人们对于同一件事总是无法怀抱着相同的记忆；其次就是，南西以女人的身份惊人地打动了他，就如同儿时以小女孩的身份一样。在他心中，半小时内便已发展出自妻子死去以来未曾体验过的情感——他从不指望能再次体验到的情感。

接下来他们在沙发上肩并肩地坐着，将相簿摊开在两人之间。南西望着他，脸上挂着微笑而且非常开心。

"噢，这真是让人高兴。"她说，"你真好，竟然还对我抱着这么美的……回忆。真希望当时能知道你对我的感觉！在你离开之后，我很恨你呢。"

"那真可惜。"他温柔地说。

"但我现在一点都不恨你了。"她安慰他，然后冲动地说，"吻我，然后我们就和好……"

"……一个好妻子不该这么做的。"过了一分钟之后她说，"真没想到结婚之后，我竟然还会吻第二个男人。"

他很激动——但主要是感到混乱不已。他刚刚吻的对象是谁？是南西吗？或者是以往的那份回忆？还是眼前这个迅速别过头去将相簿翻到下一页，全身颤抖着的可爱陌生人？

"等等！"他说，"我不认为我能用几秒钟的时间就看完一张照片。"

"不会再有下次了。我不认为我能够这么冷静。"

唐纳德轻描淡写地说出了一件非常重要的事：

"要是我们再度坠入爱河，会不会很糟糕？"

"住嘴！"她笑着但呼吸困难地说，"一切都结束了。那只是一时的。那是我将必须遗忘的时刻。"

"别告诉你先生。"

"为什么不？通常我什么都告诉他。"

"会伤到他的。千万不要告诉男人这样的事。"

"好吧，我不会的。"

"再吻我一次。"他矛盾地说，但南西已经翻了一页，热心地指着照片。

"这是你。"她大叫，"马上就找到了！"

他看着照片。那是名穿着短裤的小男孩，站在码头上，背景里有一艘帆船。

"我记得很清楚这是在哪天拍的……"她得意扬扬地笑着说，"……这其实是凯蒂拍的，而我又从她那边偷了过来。"

一时间，唐纳德认不出照片里的自己。然后，再靠近一点看——他完全认不出自己。

"那不是我。"他说。

"噢，是你。那是在芳堤娜……夏天我们……我们经常会去洞穴。"

"什么洞穴？我只在芳堤娜待三天。"他再度睁大眼睛看着微微泛黄的照片。"而且那不是我。那是唐纳德·包斯。我们确实看起来有点像。"

这时她注视着他——身体向后倾斜，像是在远离他。

"但你就是唐纳德·包斯啊！"她惊叫。她的音调微微升高了。"不对，你不是。你是唐纳德·普蓝特。"

"我在电话中告诉过你了。"

她站了起来——露出有点被吓坏了的表情。

"普蓝特！包斯！我一定是疯了。还是那杯酒的关系？当我第一次见到你时，我有点搞混了。喂！我有没有对你说什么奇怪的事？"

在他为相簿翻页时，他试着表现出僧侣般的平静。

"没什么。"他说。这张他并未被拍摄进去的照片在他眼前成形，并再一次地成形……芳堤娜……洞穴……唐纳德·包斯……你说："你抛弃了我！"

南西从房间的另一头开口说话：

"你绝对不能把这件事说出去。"她说，"流言很快就会到处传开的。"

"不会有什么流言的。"他迟疑地说。但他心想：原来她过去真的是个糟糕的小女孩。

突然间在这时，他对小唐纳德·包斯充满了狂怒的妒意——这个原本已将嫉妒永远从生活中驱逐的男人。五步之内，他便穿过了房间，用他的步伐粉碎这二十年的间隔，以及华特·基佛德的存在。

"再吻我吧，南西。"他说，一边的膝盖靠在她椅子上，并把手放在她肩膀上。但南西奋力地挣脱了。

"你说你必须赶着去搭飞机。"

"无所谓。我可以错过它。这并不重要。"

"请离开吧。"她以冷酷的声音说，"而且请你试着想想我的感受。"

"但你表现得一副并不记得我的样子。"他大叫,"……好像你不记得唐纳德·普蓝特似的!"

"我记得。我也记得你……但那都是好久以前的事了。"她的声音又变得苛刻起来。"计程车的电话号码是克莱斯伍8484。"

到机场的路上,唐纳德左右摇晃他的头。他现在已经完全冷静下来了,但却无法理解这次的经历。只有当飞机呼啸地飞上漆黑的天空,而机上的乘客都从下方的共同世界分离为独立的实体时,他才从正在飞行的这件事实开始,类推其他事情。在刺眼的五分钟里,他像是同时活在两个世界的疯子。他既是十二岁的男孩,也是个三十二岁的男人,两者牢不可破且无助地合并在一起。

在两架班机之间的时光,唐纳德也失去了很多——但既然下半生是舍弃许多事物的漫长过程,这部分的体验大概也就没有多大影响了。

我失落的城市

　　首先是渡船轻柔地在破晓时分驶离泽西海岸，这个时刻具体地形成了我的第一个纽约象征。五年后，在我十五岁时，我为了看《贵格女孩》(The Quaker Girl)的伊娜·克莱儿和《小男孩布鲁》(Little Boy Blue)的葛楚德·布莱恩而从学校来到城市里。由于同时对她们怀抱着令人无助且悲哀的爱，困惑的我难以从中做出抉择，因此她们模糊成一个可爱的实体，即女孩。她是我对纽约的第二个象征。渡船代表着伟大的胜利，而女孩则代表着爱情故事。我迟早要完成其中一样，但我已经将第三个象征遗落在某处，而且是永远地失去了。

　　又过了五年，我在某个阴暗的四月午后找到了。

　　"噢，巴尼。[1]"我大喊，"巴尼！"

---

[1] 这里指的应是 Edmund Wilson（1985—1972）美国著名文学及社会评论家，与菲茨杰拉德同读普林斯顿大学，并在其死后替他将长篇《最后的影坛大亨》以及散文集《崩溃》编辑成书出版。菲茨杰拉德称其为"知识分子的道德良心"。

他并没有听到我的声音。我的计程车错过了他，又往下走了半条街才载到他。黑色的雨点打在人行道上，而我看见他迅速地穿过人群，一千零一套的棕色衣服上罩着棕黄色的雨衣。在注意到他带着一根轻手杖时，我有点震惊。

"巴尼！"我再度呼叫，然后停了下来。在他成为纽约客时，我还是普林斯顿的学生。这是他的午后散步，像这样匆忙地带着他的手杖，穿过越来越大的雨，而由于我并没有计划和他会面一小时，这对他来说是种偶然发生的侵犯，让他无法聚精会神在他的私生活中。但计程车跟上了他，而当我继续观察时，我印象非常深刻：他已不再是那个法学院的害羞小学者，他自信地走着，完全沉浸在自己的思考中，眼睛直视前方，显然对于新的环境感到十分满足。我知道他有间他和其他三人一起住的公寓，现在完全从所有大学生的戒律中解放，但还有其他的东西滋养了他，而我对那新事物的第一印象就是——都市精神。

到目前为止，我眼中所见过的纽约，都只有它刻意展现在众人之前的一面。我就像是来自乡下，正瞪目结舌地看着训练有素的熊的迪克·威廷顿[1]，或者该说像个来自法国南部，被巴黎林荫大道给搞得眼花缭乱的青年。我之前完全是为了看表演

---

[1] 英国民间故事《Dick Whittington and His Cat》中的主角。

而来，尽管伍尔沃斯大楼和古罗马战车赛标志的设计师，以及音乐剧和问题剧的舞台监督，都已经不再需要更多观众来替他们鼓掌叫好；对我而言，纽约的风格及光芒，甚至高过了其自身的评价。可是，我从未接受任何出现在大学时期邮件中的初次社交舞会的匿名邀请。或许是因为我认为并没有任何现实情况，可符合我对纽约光彩的理解。此外，被我愚蠢地称为"我的女孩"的她，是个中西部人，这使得中西部对我来说一直都是世界温暖的中心，并且令我认为纽约本质上是个愤世嫉俗且无情的地方，除了某次她顺道造访纽约时，丽池屋顶耀眼灿烂的那天晚上。

然而，最近，我确实失去了她，而我寻求着男人的世界。这次见到巴尼，让我明白纽约就是那样。一个礼拜前，费神父带我到拉法叶。在那里，食物如同一张鲜明的大旗般遍布我们眼前，被称为"开胃冷盘"。我们将其搭配着红葡萄酒享用，而这酒就和巴尼充满自信的手杖一样，象征着英勇。但毕竟那是一家餐厅，所以随后我们还会开车回来，过桥，然后进入港口的腹地。"巴斯坦诺比""尚利""杰克"这些店都在纽约，让大学生能够尽情放荡狂欢。这对我来说已经成了一种恐惧。而且尽管我回到这里，唉，穿过许多由酒精形成的薄雾后，每次都感觉到一种对坚持理想的背叛。我是为了女孩子才参与的，而非饮酒狂欢，所以这些日子几乎很少留下愉快的回忆，就如同厄尼斯特·海明威所评论：酒店的唯一目的是让单身男子寻找顺从的女性。剩下的就是在糟糕的空气中浪费时间。

不过在巴尼公寓里的那天晚上，生活却是甘美而安稳的，由我在普林斯顿热爱的所有事物的精华所组成。双簧管轻柔的演奏，混合着来自外面街道的城市噪声，穿透房间内巨大的书墙，费力地渗了进来。房内唯一不和谐的音调，就是撕开某人邀请函的清脆声响。我已经发现纽约的第三个象征，而且开始在想这种公寓需要多少租金，以及物色适合一起分租的朋友。

可是机会十分渺茫——因为接下来的两年，我对自己命运所能做到的掌控，就如同服刑囚犯对于自己衣服式样的支配权一样。当我在一九一九年回到纽约时，生活是如此纠结，以至于想在华盛顿广场度过一段安详的隐遁时光，都成了不可希冀的梦。现在的问题是，要如何才能在广告业中赚到足够的钱，在布朗克斯区租一间两人的闷热公寓。我心中的那个女孩从未见识过纽约，但她却够明智所以不愿。而在焦虑和不快的迷雾中，我度过了我这一生最容易受影响的四个月。

纽约拥有着世界诞生时，所散发出的所有灿烂光辉。归来的部队大步走上第五大道，而女孩们则本能地被吸引走向东区和北区。美国是世界上最伟大的国家，空气中充满着节庆的气氛。当我像鬼魂般徘徊于星期六下午的广场红厅，或是到东六十区活泼热闹的园游会，以及和普林斯顿人在毕特摩酒吧饮酒时，我总是难以忘却生活的那些其他部分——我布朗克斯区的单调房间、拥挤不堪的地铁，以及自己每天对她来自阿拉巴马的信件的焦急等待。信会寄到吗？上面又会说些什么？——我的破旧西装、我的贫穷，还有我的爱……当我的朋友们优雅地朝人生之海出航时，我却勉强划着一叶破落的小舟，投身猛烈的海流当中。在二十俱乐部里，富家青年都围绕在康斯坦丝·班尼特[1]身边团团转，而耶鲁暨普林斯顿俱乐部的同学，也在战后首次的同学会上狂欢作乐，还有我经常流连的豪宅气氛——这些事物对我来说都尽是空虚，尽管我认同它们是令人印象深刻的景象，并因为投入了另一场罗曼史而感到懊悔。无论是多么热闹的午宴，或是最梦幻的酒店，对我来说全都一样。我渴望从这些地方返回我克莱蒙大道的家——因为可能会有一封信在门外等候。我伟大的纽约梦一个接一个地受到污染。当我拜访格林威治村中一位邋遢的女房东时，记忆中巴尼公寓的魅力已随着其余部分退去。她告诉我，我可以带女孩子回房间，

---

[1]　Constance Bennett（1904—1965），美国女演员。

而这样的想法令我惊愕不已，为何我该带女孩子们回房间呢？我已经有一个女友了！我游荡于第一二七街的商业区中，并因其充满活力的生活而感到愤懑，不然就是跑去盖瑞药房买便宜的剧院座位票，打算花几小时沉迷在我过去对百老汇的激情。我是个失败者——在广告工作中表现平庸，而且无法展开作家生涯。我痛恨起这个城市，于是大声咆哮，用光我最后的一分钱哭着买醉，然后回家……

……这确实是个不可测的城市。接踵而来的，只是这些俗艳时光中所常见的众多成功故事之一，但它却在那出属于我自己的纽约电影里，占了非常重要的戏份。当我在六个月后回去时，编辑和出版商的办公室之门为我而开，剧院经理向我恳求剧本，电影也渴望着银幕题材。令我感到混乱的是，我并非因身为中西部人而被接纳，甚至也不是以一名客观观察者的身份，而是成为纽约所需求的一种典型人物。若要说明这件事，就需要从一些关于一九二〇年代纽约这个大都会的叙述开始讲起。

当时已有现今白色的高大城市，与狂热的繁荣活力，但却普遍有种羞于启齿的氛围。就如同其他人一样，专栏作家亚当斯[1]预测个人和群众的脉动，但带着胆怯，就像某人小心翼翼

---

[1] Franklin Pierce Adams，笔名 "F.P.A."。

地从窗户向外观察一样。社会和当地的艺术尚未结合，爱伦·麦凯还没嫁给艾文·柏林[1]。对一九二〇年的一般市民而言，彼得·阿诺[2]笔下的许多人物可能还令人无法理解，而且除了亚当斯的专栏以外，并没有大都会风格的论坛。

接着，只不过一会儿光景，"年轻一代"的概念成了纽约生活许多元素的融合。五十几岁的人可能仍假装所谓的"名流士绅"依旧存在，或麦斯威尔·博登汉[3]可能认为社会上还有着那种光靠颜料或铅笔，就能赖以维生的波希米亚人，可是时代之流却已经改变。糅合明亮、愉快、充满活力这几种元素，展开了一股新的风气，而且首度出现比艾蜜莉·普莱斯·波斯特[4]的实心红木晚宴更稍具热情的社会。若说这样的社会孕育出了鸡尾酒舞会，那么它也同时逐渐培养出公园大道上的风趣才子，而且首度有教养良好的欧洲人，开始认为比起已沦为形式的澳洲荒野淘金行，纽约之旅还要来得更加有趣！

就那么一下子，在被证明根本不足以胜任之前，我，不仅

---

[1]　Irving Berlin（1888—1989），美国剧作家暨作词人。作者指的是他于二十年代末与豪门千金 Ellin Mackay 的婚姻。

[2]　Peter Arno（1904—1968），美国漫画家，他在《纽约客》杂志上的专栏漫画以剖析社会著称。

[3]　Maxwell Bodenheim（1892—1954），美国爵士年代著名的诗人暨小说家。

[4]　Emily Price Post（1872—1960），当时美国的礼仪专家，并曾出版著作。

被推上发言人的位置，同时，我也变成了典型的时代产物。只要随便一个在纽约跑过六个月以上新闻的菜鸟记者，都比我认识纽约，而且连丽池宴会中端盘子的侍者都比我还要了解社交圈。我，或更确切地说，现在是"我们"了，并不完全知道纽约对我们有什么期望，而且为此感到相当混乱。在这个大都会中展开这场冒险后的几个月内，我们简直不再知道自己是谁，而且对此甚至毫无头绪。在市民喷泉跳水、不经意游走在法律的边缘，都足以让我们登上八卦专栏，而且被引述于各种我们一无所知的题材中。事实上，我们所谓的"人际关系"只包括半打单身的大学时期友人，以及一些新认识的文艺界人士，如此而已——我记得在某个寂寞的圣诞节，我们在城里甚至找不到任何一个朋友，或是可以拜访的住所。找不到可以依附的核心，我们自己便成了小核心，并且让自己破碎的人格逐渐融入纽约的现代景象。更确切地说，纽约已经遗忘了我们，只是将我们收留于此。

这已并非关于城市变化的叙述了，而是一个作家对这座城市感觉的转变。从一九二〇年的混乱开始，我所想起的有：自己在炎热的星期天晚上，乘坐在计程车顶端游览空无一人的第五大道；与愁忧的凯·劳尔 [1] 与乔治·强纳森 [2] 在丽池凉爽的日式花园里的午宴；一整夜不断反复写作；为了那间小小公寓破费大笔金钱以及购买豪华的烂车。还有当时首批非法酒吧登陆，散步也成了过时的行为，"蒙马特"成为最受欢迎的跳舞场所以及莉莲·塔许曼 [3] 的秀发在酒醉男大学生周围的地板上蜿蜒而行。最棒的戏剧则是《失势者（Declass é e）》和《神圣和世俗的爱（Sacred and Profane Love）》，而在"午夜嬉戏（Midnight Frolic）"这家夜总会里，你则可以和玛丽恩·戴维斯 [4] 肘碰肘地跳舞，而且或许在小马合唱团中认出活泼可爱的玛丽·海耶。我们觉得自己被这些华丽的景象给彻底排除了，然而或许其实每个人都会有这种不被周遭事物所接纳的感觉吧。我们就像是踏入了一个从未探索过的明亮大谷仓，并因此惊慌失措的小孩。在被找去格里菲斯 [5] 位于长岛的工作室时，我们在《一个国家

---

[1]　Kay Laurel（1890—1927），美国女演员。

[2]　George Jean Nathan（1882—1958），美国戏剧评论家。

[3]　Lilyan Tashman（1896—1934），美国女演员。

[4]　Marion Davies（1897—1961），美国电影女演员。

[5]　David Llewelyn Wark Griffith（1875—1948），美国电影导演。

的诞生》中 [1]，那些我们所熟悉的面孔前颤抖着。后来我才意识
到，在这个城市向国家倾注的大量娱乐的背后，只是许多相当
失落且孤独的人们。电影明星的世界就跟我们一样，大家都只
是身在纽约，却并非属于纽约的一分子。然而他们也只是稍稍
意识到而已，并没有真正了解这件事。在我首次遇见桃乐丝·吉
许 [2] 时，有种我们两个都站在北极，而且正在下雪的感觉。之后，
那些明星也都各自找到了居所，但并非都命定于纽约。

烦闷时，我们以于斯曼式 [3] 的乖僻来享用我们的城市。一
天下午，独自在我们的"公寓"享用橄榄三明治，饮用一夸脱佐
伊·阿特金斯 [4] 所赠送的布希密尔（Bushmill）威士忌。然后我
们外出，进入这最近充满魔力的城市，穿过陌生的门，进入断
续播放着摇摆乐的陌生公寓，一路搭乘着计程车度过轻柔的夜
晚。最后，我们终于融入了纽约。在我们的身后，纽约也随着
一起穿越每一道华丽的入口。甚至到了现在，在走进许多公寓

[1] 《Birth of a Nation》，格里菲斯一九一五年的作品，情节设定在南北战争期间及战后。
由于拍摄手法的创新，以及因为对白人优越主义的提倡，以及对三K党的美化所引
起的争议性，使得此片在电影史上有着重要的地位，也因为电影播放时间长达三小
时，成为有史以来世上首部具有真正意义的商业电影影片。

[2] Dorothy Gish（1898—1968），美国女演员。

[3] Joris-Karl Huysmans（1848—1907），法国小说家，其作品的特色为表达对现代生
活的嫌恶，以及强烈的厌世主义。

[4] Zoë Akins（1886—1958），美国剧作家以及诗人。

时，我都会有种似曾相识的感觉，不然就是觉得自己曾经造访过在那楼上或楼下的房间——在我试图脱衣服而被登上《丑闻》杂志的那一晚，人就是在这里吗？还是"菲茨杰拉德对警官出拳，把对方给打到了尘世乐园"（隔天早晨我惊愕地从报上看到的）的那一晚呢？干架打赢别人并非我所完成过的成就之一，我试图重新解释这一连串在韦伯斯特大厅所发生的事件[1]，但却徒劳无功。而最后，我想起在那段时期中，某天下午我搭乘计程车，穿梭在耸立于玫瑰色天空的高楼大厦间时，我开始放声痛哭，因为我拥有了我所想要的一切，而且了解自己以后永远不可能再像现在一样快乐。

像我们这种在纽约地位摇摇欲坠的人，所会表现出的典型现象就是当孩子即将出世时，我们会小心行事，返回在圣保罗的家——因为将婴儿带进这一切的魅惑和孤独中似乎并不恰当。但一年之内，我们就又回来了，开始反复做同样的事，并丧失掉以往的热衷。虽然经历过许多事，不过我们却保留着一种夸张的纯真，因为比起当一名观察者，我们更喜欢自己身为被观察者的角色。但纯真本身并不会被终结。当我们的心智在不情

---

[1] 当晚在韦伯斯特大厅，菲茨杰拉德其实只是与一名警官起了轻微的争执，隔天的报道却出现 "Fitzgerald Knocks Officer This Side of Paradise" 的炒作标题。

愿中成熟，开始看见纽约的全貌时，会试着为了将来所必然转变的自我，保留部分的纯真。

　　已经太晚了，或者该说是太快了——对我们而言，这座城市无可避免地与酒神巴克斯的娱乐、温和或怪诞结合。我们可以安排自己回到长岛，而并非一定要回纽约市区。中途或许能够顺道过去一趟吧，不过我们并没有想特别这么做。我的第一个象征现在成了回忆，因为我知道那样的胜利是属于个人的。而我的第二个象征则已经变得平淡无味——早在一九一三年，我所崇拜的两名女演员便已受邀来过我们的住处用餐了。但这让我充满了某种恐惧，即便是第三个象征已经失去了光辉，我还是无法在一个步伐加快的城市中找到巴尼公寓中的宁静。巴尼本身已经结婚了，而且即将初为人父，其他的朋友去了欧洲，而单身汉们则挤进比我们那间小小公寓大上许多的豪宅，以及更广的社交圈，成为那里的见习生。那时，我们已认识所有的"知名社交人士"，也就是说他们之中有绝大部分，都可能会成为瑞夫·巴顿[1]笔下的人物，被画成一支首度公演的管弦乐队。

　　但我们已不再重要。让我初期作品受到欢迎的那些"时髦

---

[1]　Ralph Barton（1891—1931），美国讽刺漫画家。

女郎"[1]，已于一九二三年的东部成了过时的存在。我决定要写出一部足以席卷百老汇的剧本，但百老汇已将触角伸至大西洋城，并预先回绝了我。因此在那一刻，我感到这个城市和我几乎无法再为彼此提供什么。我要将我所习惯、所呼吸的长岛空气，在一国的天空下化为创作。

再度与纽约重逢，已经是三年后的事。当船沿着河向上滑行，这座城市在早暮中如同一道雷般闪现在我们眼前——纽约湾下游的白色冰川像一段桥梁向下俯冲，再上升到纽约住宅区，宛如一个悬挂在星空中、如泡沫般发亮的奇迹。乐团开始在甲板上演奏，但城市的壮丽让行进乐曲变成微不足道的叮当作响。从那一刻起，我知道这样的纽约，无论我多么经常离它而去，它都是我的家。

这座城市的节奏突然骤变。一九二〇年的不稳定氛围，被一阵确实、闪耀着金黄光芒的欢声给淹没。我们的许多朋友变得富有。但一九二七年纽约无法填满的欲求已接近歇斯底里。宴会更加盛大——例如康得·纳斯[2]的宴会，可媲美一八九〇

[1] 菲茨杰拉德于一九二〇年的第一本短篇集《时髦女郎与哲学家》（*Flapper and Philosophers*），或译《新潮女郎与哲学家》。

[2] Condé Montrose Nast（1873—1942），出版业大亨，包括《纽约客》（*The New Yorker*）以及《时尚》（*Vogue*）等许多重量级杂志都属其旗下版图。

年代传说中的舞会，只是步伐稍快——挥霍的饮食服务为巴黎树立了典范，表演变得更广泛，大楼更高耸，道德更不受约束，而且酒精饮料变得更便宜，但这些好处并没有真的带来喜悦。年轻人很早就累坏了——他们在二十世纪变得铁心石肠且无精打采，除了彼得·阿诺以外，他们没有人带来新的贡献。或许彼得·阿诺和他的伙伴道尽了爵士乐队所无法传达的，关于纽约繁荣时光的一切事物。许多并非酒鬼的人，七天里有四天喝醉，到处散布着烦躁不安；团体因普遍的神经质而聚集在一起，而宿醉成了生活的一部分，就像西班牙允许午睡一样。我大多数的朋友都喝太多了——他们越是顺应时代，就喝得越多。而且当纽约努力将这件事贬得一文不值时，我们可以简单用一句话来自嘲，那就是："只是能赚大钱，一切都只是职业。"而写作，对我来说也就是一份"职业"。

我们在纽约停留了几小时。而我发现，每当我来到这座城市，我都会陷入一连串麻烦的事件中，令我在数天后前往德拉瓦的火车上处于精疲力尽的状态。整个纽约已经变得有点邪恶，但当我在夜里驱车南下穿过中央公园，而五十九街正面的灯光穿透公园的树林时，我总是能找到片刻的完全平静。这里再度成为我失落的城市，将寒冷包在它的神秘和希望之中。但这样的超然并不会持续太久——因为如同劳动者必须在这座城市的肚腹中讨生活，我被迫生存于它混乱的思维中。

再来，那里还有非法酒吧——原本人们都去正派的酒吧喝酒，那些都是在耶鲁和普林斯顿的校刊广告中所介绍的高级场所。然后大家转往了啤酒花园[1]。在这种优质的德国娱乐场合中，都会有一脸凶相的黑道分子站着盯场。接着大伙又继续移往陌生，而且甚至更险恶的场所——完全由冷酷阴狠的歹徒所把持，没有留下一丁点的快活。剩余的只有残暴，将新的日子给抹灭为眼下所见的黯淡时光。一九二〇年我回去时，一位年轻的商场新锐不过是提议在午餐前来杯鸡尾酒，都令我感到十分惊讶。然而到了一九二九年，市中心一半的办公室里却都有酒精饮料，而且一半的大楼里都有非法酒吧。

有人逐渐注意到非法酒吧和公园大道。在过去十年里，格林威治村、华盛顿广场、墨累高地、第五大道城堡，不知为何地消失了，或是成了不具任何意义的事物。这座城市被蛋糕和马戏团闹剧所撑胀，变得骄傲而且愚钝。而最近宣布兴建超高摩天大楼所激起的一片热忱，就被一句新的流行用语"哦，是吗？（oh yeah？）"给总结了。我的理发师因为在市场下了五十万的赌注而退休，而且我还意识到那些来到餐桌边向我鞠

---

[1] beer garden，一种提供酒类及食物的露天场所，源于德国。

躬，或是忘了鞠躬的餐厅领班，都远远比我富有得多。这不好玩——我再度受够了纽约，于是搭上船向铺满羊毛地毯的法国豪华旅馆前进。船上的酒吧仍持续着无止境的狂欢作乐，而且才不会有什么黑道，让人觉得十分安心。

"有什么纽约的消息吗？"

"股票上涨，还有一个小婴儿谋杀了一名匪徒。"

"就这样而已吗？"

"没别的了。街上吵死人的广播就只说了这些。"

我曾经认为美国生活中并没有第二幕。但是，纽约的繁荣时光当然会有第二幕。当我们模糊地听闻远方发生经济大崩溃时，人正在北非的某处，这个消息甚至回荡于最偏远的荒漠地区。

"那是什么？"

"你听说过吗？"

"这没什么。"

"你觉得我们该回家看看吗？"

"不用，这没什么大不了的。"

在两年后的阴暗秋日中，我们再度见到了纽约。通过海关时，海关官员异常周到有礼，然后我低着头，手上拿着帽子，恭敬地走过这座只剩回音的墓场。在断垣残壁中，寥寥少数如

孩子般傻气的游魂，仍如往日般打笑嬉闹，上演着假装自己还
活着的戏码，但他们激动的声音和发红的脸颊，却流露出他们
所掩饰的脆弱。鸡尾酒会是狂欢年代最后所留下的空洞残骸，
在那里，回荡着伤兵凄凉的哭声："开枪打死我吧，看在老天的
分儿上，谁来开枪杀了我吧！"以及垂死者的呻吟和恸哭："看
到了吗？美国钢铁公司又下跌了三点以上！"我的理发师又回到
他店里工作；领班也再度向餐桌边的客人鞠躬，如果还有客人
上门的话。在一片废墟中，帝国大厦就如同人面狮身像般孤独
且费解地耸立。每当要向这美丽的城市道别时，我都会爬上广
场屋顶，极目眺望那辽阔的街景，因此现在我也登上这最后且
最壮丽的摩天大楼——帝国大厦的楼顶。然后，我完全明白了，
所有事情都得到了解答。我发现了这座城市最致命的谬误，看
见了它的潘多拉之盒。一个满怀着傲慢自尊的纽约客爬到这里，
诧异地发现了他从未怀疑过的一件事，那就是这座城市并非他
心目中那道绵延不绝、漫无边界的伟大峡谷。它其实是有尽头
的。从最高的建筑物上他放眼望去，第一次看见这样的景象：
整座城市的边界，从四面八方被无限广袤的蔚蓝天空与翠绿大
地所吞没，完全被这个国家给吸了进去。而且他可怕地意识到，
纽约终究只是座城市，而非宇宙；他在想象世界中一手筑起的
灿烂宫殿直朝地面崩落。至于帝国大厦，则不过是艾弗·史密

斯 [1] 所送给纽约市民的一份草率礼物罢了。

因此，我向我失落的城市道别。清晨从渡船上眺望，它已不再轻声向我诉说着辉煌成功和永恒的青春。在空洞的舞厅中尽情舞动的那些 "狂欢美女" [2]，也不会使我想起一九一四年，我梦中的女孩子们那难以言喻的美。而且在嘉年华会中自信地晃着手杖走向修院生活的巴尼，现在已经转向了共产主义，为南方工厂的工人和西部农夫所受的不公而烦恼不已，而这些人的声音在十五年前，根本无法穿透书墙传进他的耳中。

除了记忆以外，一切都失落了。然而有时我还是会想象这样的一幅景象，就是自己正带着一份好奇的关注，兴味盎然地读着一九四五年的《每日新闻报》。

　　　一名五十岁男子在纽约逞凶
　　　菲茨杰拉德多处金屋藏娇
　　　惨遭歹徒愤而持枪射杀

因此，或许我注定某天会回到这座城市，并在这里寻找至

---

[1] Alfred E. Smith（1873—1944），曾任两届纽约市市长，帝国大厦是由他担任董事长的建筑公司所建造。

[2] 原文为 "The whoopee mamas"，俗语中意指在舞厅中跳舞狂欢的女子。

今只在书中所读到过的全新体验。现在，我能做的只有放声叹息，叹息我已失去了那光彩夺目的海市蜃楼。回来吧，回来吧，噢，闪闪发亮的雪白光芒！

著作权合同登记号：06—2016年第85号

ⓒ 菲茨杰拉德 2018

图书在版编目（CIP）数据

我失落的城市 /（美）菲茨杰拉德著；林惠敏译
. — 沈阳：万卷出版公司，2018.4
书名原文：My Lost City
ISBN 978-7-5470-4777-4

Ⅰ.①我… Ⅱ.①菲… ②林… Ⅲ.①中篇小说 – 小
说集 – 美国 – 现代②短篇小说 – 小说集 – 美国 – 现代
Ⅳ.①I712.45

中国版本图书馆CIP数据核字(2018)第028587号

本书译文由厦门墨客知识产权代理有限公司代理，经新雨出版社授权使用。

出 品 人：刘一秀
出版发行：北方联合出版传媒（集团）股份有限公司
　　　　　万卷出版公司
　　　　　（地址：沈阳市和平区十一纬路25号　邮编：110003）
印 刷 者：辽宁泰阳广告彩色印刷有限公司
经 销 者：全国新华书店
幅面尺寸：145mm×210mm
字　　数：180千字
印　　张：7.75
出版时间：2018年4月第1版
印刷时间：2018年4月第1次印刷
责任编辑：胡　利
责任校对：高　辉
装帧设计：展　志
ISBN 978-7-5470-4777-4
定　　价：32.00元
联系电话：024-23284090
传　　真：024-23284448

常年法律顾问：李　福　版权所有　侵权必究　举报电话：024-23284090
如有印装质量问题，请与印刷厂联系。联系电话：024-86255551